小豆豆
动物剧场

〔日〕黑柳彻子 著　赵玉皎 译

南海出版公司

新经典文化股份有限公司
www.readinglife.com
出　品

目录

1

2

1

这是我拍摄的动物照片，以及我对动物的感想——我承认自己大概带了一点主观感情。我把动物的照片和趣闻轶事合在一起，希望能让您觉得有趣。

我的摄影资历并没有多么了不起，大概有二十五年吧。我第一次拍摄动物，是十五年前给伦敦的大熊猫拍照，那张照片在一家摄影公司举办的比赛中获得了金奖。之后我得过几次奖，就这样一直拍到了今天。不过，如果把我的照片当作摄影来看，它们实在登不得大雅之堂，这一点我心知肚明。但我喜爱动物，觉得任何动物都是美好的，所以拍照时总是心情愉快。而且，我一直希望拍下动物最出色的一面。如果诸位能感受到我这种心情，我会无比欣喜。我将本书取名为“动物剧场”，是因为动物们虽然不像人那样为了迎合观众而表演，可我们在观看它们时，却总忍不住拍手称赞。这里有喜剧，有悲剧，也有诗剧。而且，动物们还让我们充分体会到了戏剧中必不可缺的要素——意外性。我们不知道下一瞬间会发生什么，充满了期待。因此，我取了这个书名。

好，开幕的铃声响啦……

熊

我心爱的熊

小时候，在我入睡前，爸爸总会为我读一本书，那本书就是《小熊维尼》。我有一个小熊维尼的玩偶,它和我一般大，我总是拖着它走，所以，它的耳朵最先被揪掉了。

战争越来越激烈，爸爸也入伍了。我们收拾行李逃往疏散地，小熊维尼太大，带不走它。于是，我把小熊维尼端端正正地放在爸爸专用的椅子上。在东京最后一次大空袭中，我的家被烧毁，小熊维尼也烧掉了……

马戏团的熊

有一天，长年在德国学习音乐的弟弟给我写了一封信，信上说:“姐姐，我一直盼望着看马戏团的表演，这次终于如愿以偿。可是这家马戏团很奇怪，既然是动物表演，我以为会看到一些身怀绝活、训练有素的动物。可是，我只看到一群猫、兔子、鸡、鸽子、猪、熊，大家吵吵闹闹地跑来跑去，就算表演完了。我甚至想，除了熊以外，其他动物莫非是从附近人家借来的？”

第二天，弟弟又来信了，这回用的是快件。

“姐姐，我真是考虑不周。后来我又仔细想了想，觉得那家马戏团其实是世界上最棒的马戏团！因为那么多动物，它们不捕食对方，也不互相攻击，和和气气地生活在一起。难道还有比这更精彩的表演吗？当时我居然没发现这一点，太惭愧了。对热爱动物的人来说，这是梦寐以求的表演啊。”

我完全赞同弟弟的想法。

可怜的熊

战争期间，军队下了命令，必须处理掉动物园里的动物。因为一旦空袭时笼子被破坏，动物逃出来就不得了。食物也是原因之一，当时连人吃的东西都很匮乏。而且，饲养员们也入伍了，照顾动物的人手不足……于是，大型动物相继被毒死或枪杀。

那一天，黑熊肚子饿了，看到园长先生过来，它高高兴兴地张开前爪站了起来。这时，射击的人瞄准它胸前的白月牙，将子弹射了进去。黑熊倒下了，眼睛却还望着园长。三十多年过去了，直到现在，园长先生说起这件事，依然会泪水盈眶。

好舒服的洗澡水……熊们看上去像在泡澡，其实这是夏天，天气太热了，它们泡在池子里解暑呢。最左边的熊一副陶醉的样子。（摄于宫崎野生动物园）

一句话　要捕捉熊作为药用的人，绝对不能惊吓熊。因为，如果熊吓破了胆，就没有效果了。

狮子

“吃饭了！”

在非洲的大自然中，狮子妈妈负责准备食物。可是，狮子妈妈不可能去超市买，于是，它只好四处猎取斑马等动物，拖到丈夫和孩子们的饭桌上。那么，这期间狮子爸爸在做什么呢？原来，狮子爸爸和别的公狮子一起聊聊天，打打哈欠，什么活儿也不干。狮子妈妈把有自己体重两倍的斑马交给狮子爸爸，然后和孩子们一起静静地等在远处，那幅情景就像过去日本的封建家庭。孩子们眼巴巴地等待着，等狮子爸爸吃饱了，它们立刻大叫“轮到我们了”，向食物猛扑过去。结果最后留给狮子妈妈的，常常只剩下斑马的鬃毛了。

“教养好？”“饥不择食的乞丐？”

狮子对食物的大小没有概念。而不管是教养多么好的人，也能一眼分辨出大小来。所以说，和有教养的人一起吃西瓜，

灼热的夏日，雄狮“老板”的神态确实有老板之风。“老板就是吃不上饭，也要摆出架子来！”

等到最后再去拿比较合算。因为有教养的人会拿小块的西瓜，或者边上的西瓜，肯定会把大块的让给别人。而对狮子来说，吃的东西要尽快放进嘴里，所以就会出现照片上这头狮子的情形——这是九州的宫崎野生动物园里的狮子“老板”。

这一天，饲养员从吉普车上扔过来带骨头的马肉，“老板”第一个把肉抢到嘴里炫耀，可它抢到的却是一块没什么肉的骨头，于是只好一直叼着骨头，眼睁睁地看着其他狮子大嚼。

我看惯了动物园笼子里的狮子，一直认为狮子应该像狗那样浑身长满了毛。可是在自然界中，统率狮群的雄狮面临各种各样的问题，彼此间会发生争斗，互相撕咬。因此，它们脸上有的地方毛会秃掉，就像是苔寺[①]的地面上齐齐整整生长的青苔，被谁挖掉了一块似的。狮子脸上就残留着这种残酷与粗暴的气息。但另一方面，野生狮子的眼睛与动物园里的狮子大不相同。在动物园中，既没有危险，也没有可以冲上去猎捕的对象，狮子的眼神混浊暗淡，没有什么光芒。可是野生狮子的眼睛却锐利无比，生气勃勃地闪闪发亮，可怕极了。而且，雄狮率领着雌狮和幼狮的时候，那种堂堂气概真令人叹服！它鬃毛浓密，从肋下到肘部还长满了卷毛，这副威仪，被称为“百兽之王”真是实至名归。

一句话 虽然不是狮子，但也眼神锐利，脸上还带着伤痕——这样的“人”在笼子内外进进出出。

①日本京都的名寺西芳寺，寺庙的庭院里生长着各种各样的苔藓，所以又被称为“苔寺”。

犀牛

一个春日午后，我在伦敦动物园见到的犀牛

一对犀牛夫妇并排站着发呆。这时，不知怎么回事，公犀牛突然“咕咚”一声翻倒在地。公犀牛被飞来横祸吓了一大跳，像乌龟那样扑腾着手脚挣扎。

那么，这时旁边的母犀牛作何表示呢？当“咕咚”声响起时，她动了动那爆米花筒似的耳朵，啪嗒啪嗒眨了两下眼睛，仅此而已。她既没有上前帮公犀牛，也没有表示出一点担心，依旧像刚才那样，一动不动地盯着前方，仿佛这个世界上什么也没发生。公犀牛足足花了三十分钟才站起来，但他没有说一

句抱怨的话，目光依旧温和，用与刚才同样的姿势和母犀牛并排站着，静静地度过了那个春日的午后。

在非洲的野生动物园

犀牛是一种温和的动物。所以，人们可以骑到它们的背上。不过要注意一点，犀牛是容易心情反复的动物。它答应让人骑到自己背上，可走了大约五分钟就突然停下来，开始思考："嗯？有人骑在我背上！"原来，它已经把刚才允许人家骑上来的事忘了个一干二净。"不——行！"犀牛想，接着，它"嘭——"的一声把背上的异物甩到了十米开外。所以说，千万不可以相信犀牛。

素食主义者的饭桌。犀牛是奇蹄目犀科，分布于非洲、东南亚。

狗

我所爱的狗儿们

我开始懂事的时候，身边有一只雄性小牧羊犬，名叫“洛基”。我和洛基每天黏在一起，当我从学校领回成绩单，第一个就给洛基看；当人家送给我礼物时，我也总是在洛基身边解开礼物的绸带。

小学一年级时，我和洛基玩大格斗游戏。当时洛基还是一条小狗，它玩着玩着就兴奋起来，真的咬了我的耳朵。虽然我们只是闹着玩，可我的耳朵却耷拉下来，流了好多血。我捂着耳朵，一个劲儿地对爸爸妈妈喊：“一点儿也不疼！不怪洛基！”

后来，有一年夏天，我去镰仓的伯伯家过暑假时，洛基死了。虽然妈妈对我说“洛基找不到了”，可是我知道，洛基死了，因为洛基不会不和我说一声就自己离开。也许，洛基是出远门找我去了吧……

香港太埔墟车站内的狗，像穿着宽大的中式衣服，样子非常气派。

豌豆前一阵子死了，这一团乱蓬蓬的毛线球活了十五岁。它是一只巧克力色的雄性贵宾犬，凶得很，坚决不许人家帮它剪毛，结果毛越来越长，连哪里是头脸、哪里是尾巴都分不清了。往好里说，它像是一团粗毛线球，往坏里说，简直是一个做扫除的拖把。

它来我们家时，似乎叫“铛迪”，因为它最爱吃嫩豌豆，不知不觉名字就变成了“豌豆”。这只狗本来有癫痫病，时不时发作，发作时就变得直挺挺的。这时要把它抱起来，帮它揉揉心口，它才会渐渐柔软下来。等它的眼神安定下来看着你，就说明没问题了。它什么技能也不会，只会做一个“满意、满意”的动作。当它吃到喜欢的东西，或者和喜欢的人玩耍时，就会将一只耳朵贴在地上，翘起屁股，这副模样真是莫名其妙，不过这就是豌豆的“满意”。

豌豆是衰老而死的，但不可思议的是，它竟然拖着对它来说过于沉重的链子，离开了我们的院子，消失得无影无踪。那时它已经衰弱得连走路都非常困难了。我们找了它好多天，一直找到很远的地方，但哪里都没有发现它的踪影。听说，聪明的大象会找一个谁都看不见的隐秘地方死去……也许，上帝已经悄悄解开了豌豆这团粗毛线吧。

我和渥美清先生一起拍电视剧时，曾经有一只丑丑的母狗来扮演“我”的狗。我以前从没见过那么丑的狗，它又肥又难看，腿短短的，剧组的人见了都笑它：“太丑了吧。”那只狗默默地和我一起演出，等电视剧拍摄完，我们把狗还给带它来的管道具的大叔。狗把脸贴在大叔胸前，低声呜咽着，仿佛在诉说自己忍耐了这么多委屈。我由衷地向它道歉，可是狗一直低声哭了很久很久……

斑马

在美丽的动物中，斑马尤其俊美出众。也许有人认为，我喜欢斑马是因为它和大熊猫一样都是黑白花色。其实，斑马的条纹图案有一种绘画般的美感，给人的感动是和大熊猫不一样的。那么，这次我就说说斑马吧。

先说花纹

请您看一看，斑马的腿上是横条纹，从下往上一圈一圈，一圈一圈……身上则是竖条纹，一道一道，一道一道……那么，如果腿上的圈圈和身上的道道碰到一起，究竟会变成什么样子呢？在圈圈与道道相遇的地方，那种别出心裁的大胆设计，绝不是普通艺术家能设计出的。

圈圈和道道发现要撞到一起了，“哎呀！”地惊叹一句，一眨眼的工夫，它们就像几何图形那样交织在了一起，一圈一道，一圈一道，一圈一道，一圈一道……等回过神来，斑

马的尾巴根已经完美地画出了艺术图案，仿佛在说："有什么问题吗？"从后面看斑马的屁股，下面的横条纹呈现半圆形，每一处都自然极了。

而且，您是否注意到，斑马背部的正中央有一道鲜明醒目的黑条纹，一直延伸到斑马的尾巴上！这一道黑条纹，比起女书法家町春草那气势逼人的独特运笔来，可说是有过之而无不及，令我赞叹不已。这种圈圈和道道的联合，在斑马脸上也完全一样，都是一圈一道，一圈一道，一圈一道……再一看，斑马的脸上已经出现了雅致的"指纹"——噢，也许该叫"脸纹"吧。

再说斑马的毛

据说，如果用推子把豹子或老虎的毛剃去，那些黑色斑

心术不正、心眼又黑的人，应该向善良的斑马学习。为什么呢？
因为斑马肚皮白白的，花纹端正。

点和条纹就不见了，它们身上的皮肤是没有花纹的。（哎呀，这么说来，女演员某某小姐的豹皮大衣，如果用推子这么一推，岂不是就会变成没有花纹的肉色的奇怪大衣？有趣有趣。这才真是“豹变”啊。）不过，斑马却连皮肤上都有条纹，不管用推子怎么剃，仍然明明白白地是斑马。原来，它已经从芯儿上就是“斑”马了。

接着说护身术

斑马是群居动物，和家人、亲戚以及朋友聚在一起过日子。一般来说，它们都是并排站着，如果脸朝这边，大家都朝这边，反之也一样。（不过，就像我拍的照片那样，偶尔也有斑马和大伙儿方向相反。）如果狮子想从后面偷袭，并排站立的黑白花纹斑马就会“啪嗒啪嗒”一个劲地甩尾巴，像黑白电视机的显像管坏了似的，让狮子头晕目眩。于是，趁着狮子眼花缭乱的当口，斑马就可以“呼啦”一下逃个一干二净——应该是这样吧？反正我是这么想的。

最后说一个外国笑话

据说，驴小姐和斑马先生被撮合着去相亲。驴小姐相亲回来说：“真讨厌！那个下流的家伙！”媒人问：“怎么了？”驴小姐气呼呼地回答：“才第一次见面，他就打算跟人家上床，居然穿着睡衣来了！”

再说本篇一开始那张图中的斑马妈妈，请您看看它的后脚，那简直像《一千零一夜》中的靴子。据说，如果斑马不在草原上奔驰，它的蹄甲就会越来越长。老虎也一样，如果在笼子里不能经常磨爪子，趾甲也会越来越长，当趾甲太长时，往下倒钩的爪尖会刺破脚底板，甚至穿透脚背。

那么，这位斑马妈妈，本来需要麻醉后切掉过长的趾甲，但因为怀有身孕，生产后还会因为孩子而精神敏感，所以要等孩子生下来后，过一段时间再切掉趾甲。

原来，在动物园里生活也这么不容易啊。

海狸

我有一个棒极了的木雕，也许有人以为“莫非是圆空[①]的作品”。圆空师父用凿子和小刀粗粗刨过，佛像就雕好了，我的木雕就是这种味道。这个木雕不但像佛像，还有现代雕刻的味道，竟然也像——胸罩。精明贪心的商人绝对可以把它当艺术品卖出去。其实木雕的作者竟是海狸先生！

它没有使凿子，也不用小刀，只用它那大名鼎鼎的门牙完成了这个作品。那一厘米宽、五厘米长的门牙！这个工艺品是动物学博士西山登志雄先生来我的节目《彻子的小屋》中做客时，送给我的礼物。“给了海狸一段粗木头让它玩，没想到一眨眼工夫，就做出了这么个东西。了不起吧？”我也学着海狸先生，轻轻咬了咬木头边儿，好硬！根本咬不动。可是，这对海狸来说却是小菜一碟。

---

①圆空（1632－1695），日本江户时代的僧人，擅长制作木雕，雕刻的木佛被称为“圆空佛”。

海狸的举动像极了小学时的我，一刻也不肯消停。从没有这么难拍照的动物。（摄于金泽移动动物园）

它那奇怪的橙色门牙，连大树都可以咬断。为了在水中给亲人建造一个安全的家，它要先造一个大坝。大坝长达六百三十米，而它只是这么小的动物！海狸造大坝是有名的，无论是木材、泥土、石子还是树枝，所有的材料它都用得恰到好处，把它们做成大坝，而它并没有水下呼吸器可用。

我看过迪士尼电影，讲的是海狸一家齐心协力盖房子。大门开在水里，从外面看不到，只有家里人才知道这个秘密。进屋一看，迎面是一个大厅，可以在那里弄干身体。即使是海狸，也不喜欢身上湿淋淋的。房子里干净整齐，大厅的地面上铺着小树枝、苔藓和树叶制成的地毯，当然还有粮食储藏室。天花板上有通气孔，换气装置完美无缺。家庭圆满，爱护孩子，在自家房子里幸福生活，这就是海狸的目标。因为拥有房子的梦想破灭，而企图自杀的工薪族们……千万千万，不要输给海狸的门牙！

袋鼠

为什么袋鼠的英文名字是“kangaroo”？

很久以前，英国人乘大船来到了今天的澳大利亚。上岸后，第一个映入他们眼中的，就是这种把孩子装在肚子上的口袋里一蹦一蹦的动物。英国人问原住民：“这是什么？”当地人听不懂英语，就用当地话说：“听不懂。”这听起来很像“kangaroo”。英国人听了很佩服地想：“原来如此，这种动物叫‘kangaroo’啊。”他们回到本国后就报告说：“我们看到一种罕见的动物，叫‘kangaroo’。”可怜的袋鼠，从那以后就被叫作“kangaroo”了。但是，原住民对袋鼠真正的称呼是什么呢？真想知道啊。

袋鼠宝宝的秘密

袋鼠宝宝是怎样出生，又是怎样进入育儿袋里成长的呢？长期以来，这是一个谜。甚至有人认为它们就是在口袋

它们是在一起跳舞？说悄悄话？扭在一起打拳击？还是谈恋爱？反正当两只袋鼠相遇时，它们立刻就会摆出这副样子。

里出生的。袋鼠宝宝刚出生时，只有一块方糖那么大，想观察研究它们非常困难。不过，最近它们的秘密终于水落石出了。

真相是这样的：袋鼠妈妈生下宝宝后（从哪里生出来的？其实和人类以及其他哺乳动物是一样的）……方糖宝宝一出世，就依靠自己的力气噌噌地往妈妈身上爬，爬啊，爬啊，一直爬到妈妈育儿袋的外面。然后，它们终于到达育儿袋上方的开口处，“扑通”一下进了口袋。

育儿袋里面，排列着四个乳头，样子就像水管的水龙头。袋鼠宝宝衔住其中一个乳头，可以拉得好长好长。所以，袋鼠宝宝可以趴在育儿袋底部吃奶。当宝宝吃饱了，松开嘴的时候，水龙头又啪地收了回去，和别的乳头一般长了。等宝宝又饿了，就再衔住一个乳头……就这样，不知不觉地，袋鼠宝宝在育儿袋里渐渐长大。终于有一天，宝宝一下子从育儿袋里探出头来，露出可爱的小脸蛋，说：“妈妈好。”袋鼠妈妈高兴极了：“哎呀，我的宝贝，长得真像你爸爸。”真是非常神秘，也有趣极了。

袋鼠妈妈的育儿袋就像蛙嘴钱包

不管袋鼠妈妈怎么蹦蹦跳跳，袋鼠宝宝都不会从育儿袋里飞出去。这是因为，当袋鼠妈妈决定“要出门”的那一瞬间，育儿袋的开口就会像蛙嘴那样闭合。当妈妈心想“户外活动已经结束”的时候，育儿袋的开口才会打开。如果人也能这样，就不会有迷路的孩子，也不会有被抛弃的孩子了。

河马

河马君的故事

小学二年级学生　黑柳彻子

比我晚一届的一年级学生中，有个叫“河马君”的男孩。我跟朋友村上君说：“河马君这名字真稀奇啊。”村上君说：“哦，河马君的亲戚就是动物园里的河马。”我信以为真了。

过了不久，学校里开运动会，河马君对他的朋友说：“今天，我亲戚家的叔叔会带孩子一起来。”我碰巧听到这句话，顿时高兴得不得了。我穿着运动短裤，头上扎着头巾，就这么一副打扮跑出校门，朝车站方向张望。可是，我等啊等，见到了来观看运动会的家长们，却怎么也等不到河马君的亲戚。

这时，集合的音乐声响起，老师过来找我，没办法，我只好回到校园，眼睛却一直盯着大门口。要是错过了看高大的河马叔叔和小河马排在一起、慢吞吞走进来的场面，就太可惜啦。结果，河马君的亲戚那天没有来，真是很遗憾。这就是河马君的故事。

这位比我晚一届的蒲君[1]，现在是两个孩子的爸爸了。不过，我时常想象蒲君带着两匹小河马的样子，一个人笑起来。

舞台妈妈

这是拍摄这张照片时的故事。

我决定去拍摄趴在水池边的河马母女。可是，我刚按了一下快门，河马妈妈就啪地动了动耳朵，接着呼地站了起来，用身体挡住了本来靠向我这边的女儿。不管我怎么努力，都无法看到躲在妈妈巨大身躯后面的小河马。于是，母女俩又接着午睡。正在这时，一阵大风呼呼刮过，我端着相机，被吹开了近半米远。没办法，那天我只好作罢。

第二天，我又去了动物园。这一回，母女俩正并排站着吃草。“太棒了。”我对好焦距，按下了快门。就在这时，和昨天一模一样，河马妈妈动了动耳朵，斜着眼瞟了瞟我，又把女儿挡到了自己身后。我无可奈何，只好恳求河马妈妈：“河马妈妈，您的小姑娘现在是最可爱的年龄，是吧？她很快就会长大，对不对？应该趁着现在，多拍一点照片啊。绝对不会有危险。拜托了……”

---

①“蒲”和“河马”日文发音相同，所以小时候的黑柳彻子把蒲君误解成河马君。

您猜怎么样？河马妈妈听了我的话，稍微考虑了一下，竟然用鼻子把女儿推了出来，让她面对着我！女儿还想藏起来，妈妈像是在说："好了，让人家帮你拍一张。"又把女儿推了回来。河马妈妈已经成了一个舞台妈妈[①]了。母女俩一直保持姿势不变，直到我说"拍好了"，向它们道谢为止。

一句话 如果把"河马的孩子"倒过来说，就成了形容我的刻薄话[②]了。

①指热衷于让子女进行演艺活动的妈妈。

②日语中"河马的孩子"（カバのこ）颠倒过来，就成了"这个傻瓜"（このバカ）。

河马的午饭。妈妈的体重是一吨半（一千五百公斤），女儿浓浓出生的时候只有四十公斤。妈妈一天要吃十三公斤干草，二十公斤豆腐渣，其他固体饲料也要吃很多。

羊驼

关于羊驼，我知道的一些故事

一、关于羊驼的小说

“他们之中，有人穿着粗陋的藏青底碎白花纹的单衣、窄筒裤子；有人穿着邋遢的立领夏装，打着裹腿；有人却整整齐齐地穿着羊驼毛外套和白色西装裤，一副公司职员的模样。”

这是德田秋声在短篇小说《火枪》中对刑警服装的描写。那是在关东大地震刚结束后的东京，身穿羊驼毛西装的刑警出门时，会戴上平顶草帽——以前我听说，当时的公司职员都习惯这样穿，还要配上白帆布短靴。

那篇小说诙谐讽刺，十分有趣。某警察局被大地震搞得乱七八糟，这时某大学的理学博士带来一把在校园里捡到的“火枪”，说这东西和齐柏林轰炸机在巴黎、伦敦上空投下的

来自秘鲁的珍稀动物羊驼。（摄于东武动物园）

炸弹一模一样。博士得意扬扬地把火枪上的英文说明念给大家听。（其中，也有些描写博士不太懂说明的意思的滑稽桥段。）后来，局面急转直下，原来那东西是当时最新式的灭火器，博士大大地丢了脸。德田秋声笔下那位穿羊驼毛西装的刑警，是一位富有逻辑、精明能干的男子。

二、羊驼的故乡

羊驼的故乡在秘鲁等国所在的南美洲的安第斯山脉地区。而毛质顶尖的羊驼，则居住在安第斯山脉海拔四千米以上的寒冷高地。

三、关于羊驼自己

羊驼是骆驼科动物，人们为了获取羊驼毛而饲养它们。羊驼毛色有白、褐、黑等。它们性格温顺，很容易和人类亲近，所以从很久以前就被人类驯养。羊驼毛可以制作各种各样的毛织物、夏装料子和衬料等。

四、羊驼毛男礼服

我见过的男式礼服中，最有魅力的当属羊驼毛面料的。那是一位英国外交官穿的上等礼服，看上去清凉又舒服，真是棒极了。从黑色薄礼服的袖口处，可以看到雪白的上浆衬衫笔挺的衣袖，感觉洁净、潇洒又高贵。挺括的布料带给人一种疏离感，身上没有一丝褶皱，一切都充满男子汉气概。对于没什么好衣服穿的昭和初年生人来说，仅仅是这样一个袖口，就足以让人心醉。

五、四谷三丁目的羊驼专卖店

这家店的店主是演员宫口精二的儿子宫口森也，他喜欢作曲家西贝柳斯，于是以此为店名。店里出售的羊驼毛衣服，是位于秘鲁的世界上唯一一家羊驼毛手工工厂生产出来的。我在这里发现了一件米色羊驼毛大披肩。十年前，我在洛杉矶机场曾见到一位女子披着这样一件披肩，之后一直渴望拥有一件。披肩又轻又软，边上坠着满满一圈蕾丝和长长的流苏。所以当我发现这件披肩时，恍如身在梦中。

企鹅

安徒生有一篇童话叫《丑小鸭》，今天，我想讲一个“丑小企鹅”的故事。

企鹅有很多种类，其中最气派的要数帝企鹅。帝企鹅仿佛自己也知道“我是皇帝”，总是高高昂着头，雪白与漆黑的毛色相映生辉，闪闪发光，像穿着最棒的礼服——燕尾服，真是仪表堂堂。不过它脚上像穿着一双胶底布袜，这一点跟通身的气派不太和谐，但没有关系，帝企鹅依然自信满满地站在大地上。还有一种企鹅叫“长冠企鹅”，头上有个印第安人那般的羽冠。它们一个劲儿地晃动羽冠，一家人专心致志地忙着梳洗打扮。

在它们中间，我发现了一只小企鹅，它看起来非常寂寞，非常孤独。它不像别的企鹅那样黑白相间，肚皮虽然也算白，但后背特别是脑袋上的毛色既不黑也不灰，也不是褐色，乱蓬蓬的，简直像一只三花猫。而且它的毛仿佛被谁揪扯过，参差不齐、稀稀落落的。也许因为这个缘故，这只小企鹅总是瑟缩着身体，我看到它的脚，好像趿拉着一双不合尺码的大鞋。

要说这位“落毛”君有多么可怜，当我亲眼看到它们吃饭的场景时，差点落下泪来。喂养它们的小伙子把一个装满鱼的水桶放到它们面前。这时，理所当然地，帝企鹅第一个把头伸进桶里叼出鱼来。但这位皇帝好像连鱼也吃腻了，并没有吃下去，而是啪地丢到了水桶外面。“落毛”君一直缩着身子躲在柱子后面，默默地看着，这时它慌忙跑了出来，仿佛在说：“这样多对不起照料我们的大哥哥啊。”它叼起落到地上的鱼，踮起脚尖放回了水桶中。可是，帝企鹅又啪地把鱼丢掉，“落毛”君赶紧又捡起来送回去。

“只有我孤零零的一个。”

“为什么只有我的毛这么乱糟糟？”

这时，喂它们的小伙子拉住一直不敢吃鱼的“落毛”君，把鱼塞进它嘴里。但是鱼太大了，塞在“落毛”君的喉咙里咽不下去。于是，“落毛”君砰砰地双脚蹦起，非常配合地想让鱼快点落进肚子。看到这只似乎总被同伴排斥、一举一动都很低调的可怜小企鹅，我由衷地祝愿它：“有朝一日，你

“我才不会哭呢，只是流鼻涕罢了。”中间是长冠企鹅一家在梳妆打扮，左边是帝企鹅。

帝企鹅的站姿。它们身后的白色点点，是企鹅最喜欢的淋浴飞溅起的水滴。

一定会变成一只美丽的企鹅。就像丑小鸭变天鹅那样，你会比帝企鹅、国王企鹅更漂亮。”（请原谅我这样无视动物学知识……）我满怀感情，将它小小的身影留在了相机里。

狼

照片中的狼最近刚从中国来到日本，是夫妇俩一起来的。

我所认识的“狼”君，十二年前已经带着两个幼小的儿子回到了朝鲜。

这位“狼”君，其实是在电视节目《阿布阿富阿伍》中给狼配音的永山一夫君。节目中的狼总是望着月亮，流着泪唱“我孤单单，身影寂寞……”，但一转眼，又去追逐三只小猪了，是一匹有趣的狼。

接下来，说说永山君的事。我在 NHK 的节目《阿布阿富阿伍》中，为阿伍配了将近十年音。我每周都见到永山君，却从来不知道他是朝鲜人。不光是我，大家谁都不知道。因为永山君觉得他的本名“权秉纯”不适合在 NHK 工作时使用，就借用了一个在小酒馆里认识的日本朋友永山一夫的名字。他没有对任何人提过这件事。他在日本出生长大，语言习惯已经和日本人一模一样了。

不过，十二年前的一天，他对自己最尊敬的两个人——小森昭宏先生和田村洋先生第一次说出了心里话："我是朝鲜人。最后一艘去朝鲜的船，两个月后就要出发，那时我要带着两个孩子一起回去。"小森昭宏先生是《阿布阿富阿伍》的作曲家，他对拥有美妙的嗓音，却不认识乐谱的"狼"君相当严格。但小森先生其实十分温和，是经常和"狼"君一起喝酒的好朋友。田村洋先生则是《阿布阿富阿伍》的导演。

"狼"君当时已经离婚，自己带着两个儿子。他曾和孩子们约定："等爸爸有一天成了大明星，一定给你们盖一座自己的房子。""狼"君还向《阿布阿富阿伍》的作者饭泽匡先生表达了谢意："您认可我的表演，为我创作了狼君这个精彩角色，我对此由衷地表示感谢。"

当我们听到"狼"君要走的消息时，都感到十分震惊，这种滋味非常复杂，真是一言难尽。"狼"君一旦回去，短期内不可能再见面了。他经过一番踌躇之后，终于下了决心，要回到父母所在的朝鲜，使两个孩子不必像自己这样，能堂堂正正地说出自己的国籍，可以为祖国贡献力量。当时"狼"君三十六岁。当他的船出发时，NHK 直播了在新潟的他和在东京演播室的我互相道别的场景。他神采奕奕地说："我要向金日成学习，努力奋斗。"演播室里回响着"狼"君的歌声，我哭了。后来，我听说他在故乡又做了电影演员，相当活跃。"狼"君，多保重。

你——好！（摄于上野动物园）

猫

不知为什么，我一直和猫做不成朋友。下面说几个猫的故事吧。

一、坏心眼的猫

我去纽约时，总是住在须贺勇介先生家。他家里有两只暹罗猫，心眼真是坏透了。当我要睡觉时，两只猫已经捷足先登，埋伏在我的床上。我一进被窝，它们就呜呜低吼。其中一只猫酷爱吃羊毛，津津有味地大嚼我的毛衣。我有时在外面玩到很晚，蹑手蹑脚地回到家里，它们却好像一直在等我似的，立刻扯开喉咙喵喵大叫，大嗓门足以把全家人都吵醒。它们最坏的地方，就是不管我把门关得多么牢，总有办法半夜溜进我的卧室。有一次，我在睡梦中喘不过气来，睁开眼一看，原来一只猫睡在我脸上。

二、一只格外警惕的小猫

小时候，有一次我看到一只小黑猫在我家附近的一所空房子的廊上叫，我想“真可怜，带回家养着吧”，于是停下了脚步。可是，不知道小猫是否误解了我的意思，它嗖的一下跳到我的肩膀上，把我唯一的好衣服——一件棉布连衣裙的衣袖，哧哧地抓碎了。一眨眼工夫，左边的袖子就成了门帘，不，是成了鸡毛掸子。然后，小猫一阵风似的不知跑到哪儿去了，再没有出现过。它的行动之快，直到现在我也忘不掉。当时小猫没有理解我，可我并不是想欺负它才停下来的，那种被误解的悲伤一直留在我心里。

三、爱记仇的猫

我的一位女性朋友养了一只猫。以前，有一次我不小心说了它一句：“真丑，毛色好怪！”结果它就牢牢记住了。此后的十年间，它一见到我，就远远地怒目而视。它的毛色变得更加怪异，浑身的毛都奓起来，做出怪样子吓唬我。我向它道了好几次歉，但它一直不肯原谅我。

后来，去年的岁末，我又一不留神说溜了嘴：“把这只猫送去参加肥猫比赛怎么样……”唉，看来接下来的十年里，我又要被它怒目而视了。世上竟有这么记仇的猫。

照片上的猫是今井先生家的霍比，它一岁时就做过与明

没有带摄影灯，这张照片是用手电筒照着拍摄的。（这是筱山纪信先生特别中意的照片）

星卡鲁索麻纪相同的手术（即变性手术）。霍比今年十八岁了，相当于近百岁的老人。两年前它患了鼻腔性鼻炎和鼻窦炎，还被齿槽脓漏所困扰，但依然精神十足。看它前腿的姿势，那股调皮劲儿不减当年。

天鹅

天鹅的脚

小时候，我曾经说："我要做芭蕾舞演员，跳《天鹅湖》。"这时，一位年长的男子——我忘记他是叔叔还是爸爸的朋友了，对我说："你见过天鹅的脚吗？水面上的天鹅羽毛雪白，脖子长长的，翅膀大大的，又高雅又美丽。但它藏在水里的脚却黑黑的，非常结实，特别有力气，这是因为脚受尽了辛苦。芭蕾舞演员也是一样，在你看不到的地方，他们含着眼泪刻苦练习，你能做到吗？"后来由于各种原因，我放弃了成为芭蕾舞演员的梦想。拍这张照片时，我记起了几十年前"天鹅的脚"的故事。我由衷地认为，自己确实成不了芭蕾舞演员。

天鹅还是平胸好

芭蕾舞演员的胸部一般都很平坦，我一直奇怪这是为什么，直到有一次我看了奎瓦斯侯爵芭蕾舞团的演出，看到天鹅湖中那一幕有名的“四小天鹅”时，我终于明白了。原来，如果芭蕾舞演员的胸太大，当胸部上下晃动时，时间点就把握不准了。您也许以为我在开玩笑，但这是真的。当四只天鹅手拉手排成一排，同时左右摆头、踮起脚尖展翅飞翔的时候，只有一个人的节拍比其他三个慢，原来她的胸部比较大。也就是说，当踮起脚尖时，身体向上挺起，胸部也跟着向上；当身体放下时，胸部却还没完全落下来，于是晚了半拍，给人一种“嘭”的一下的印象。

接下来，大家一起“飞翔”时，虽然演员的动作很急。但胸部太重了，无论如何还是需要点时间。当胸部抬上去时，身体已经降下来了，于是又“嘭”的一下，怪让人害羞的。我以前不知道胸部会这样“嘭、嘭”的，不禁非常吃惊，同时也感叹于胸部的存在竟然如此伟大。结果，这只天鹅比其他平胸天鹅看起来要逊色一点，真可怜。我终于明白了，在日常生活中引以为豪的事，对芭蕾舞演员来说，竟然成了一种累赘。

出发

在日本的湖泊上过冬的天鹅，在冬日里生下孩子，并抚育它们长大。到了春天，大家一起出发前往西伯利亚。

天鹅起飞需要一段很长很长的跑道，一家人喊着“一、二、三——”在水上奔跑。在轻盈地起飞之前，那场面煞

皇宫的护城河四周充满了噪音、烟雾、尾气和喧嚣。不过，天鹅依然美丽。

是热闹。东张西望的鸭子们会被挤到一边。如果有的孩子还没完全掌握起飞本领而失败，那么不管其他天鹅飞了多高，大家都会回到出发点，再重新起飞一次。在天鹅的世界里，没有“落单”这个词。

天鹅，多保重，一定要再回来！

大猩猩

大熊猫生来（即出于本能）就知道该怎么结婚。那么，动物全是这样吗？这就是问题所在。接下来，我要说一个关于大猩猩的悲伤的故事。为了维护它的名誉，特意隐去了它的名字。

大猩猩的悲伤故事

在日本的一家动物园里，住着一只雄性大猩猩。春天来临时，“思春期”到了，它用两只手砰砰地拍打胸脯，动物园的人判断说：“哦，这是要结婚的意思。”于是让它和园里一只本来住在别处的雌性大猩猩住到一起。可是，它却丝毫没有具体行动，只是更加激烈地拍打胸脯，真令人意外。

原来，这只大猩猩出生不久就从非洲被运了过来，它没有机会偷看爸爸妈妈或亲戚家的哥哥结婚的场面。如果许多大猩猩生活在一起，它就能渐渐地学习。（比如，人类上学时，

加诸我们身上的罪恶，我们已经宽恕，那么也请宽恕我们的罪恶吧，阿门！

会偷偷传看小说，或者玩扮医生的游戏等。）像大猩猩这种需要学习的动物，如果孤单地成长，动物的本能也许会消失不见，或不知该如何解决这个问题。雌性大猩猩也是一样。

于是，动物园的人只好请求外地动物园送一只有经验的大猩猩阿姨过来。那位阿姨身材娇小，已经生了好几个孩子，经验非常丰富。人们都认为有了它的帮助，一定会成功。

阿姨来到个头足有自己两倍大的雄猩猩的笼子里，亲切地说：“来啊，来吧。”然后慢慢靠近雄猩猩，好像在说：“过来吧，我教你。”

可是，不知怎么回事，雄猩猩突然拔腿就跑。阿姨紧追不舍，嘴里还说着：“都会这样的，害羞了？”最后，雄猩猩被追到了墙角，阿姨一边说“来吧”，一边向它伸出手。

如果这时雄猩猩说一句“阿姨，请多指教……”，那么它的一生肯定会迥然不同。可它大概以为自己已无处可逃，突然“嘭”地打了阿姨一拳。在此之前，阿姨一直保持着长辈的尊严与和蔼可亲的风度，可是这“嘭”的一拳彻底伤了阿姨的心。阿姨对饲养员说“我走了”，就一去不回了。

为什么雄猩猩讨厌阿姨呢？没人知道理由。是兴趣不合，还是它太害羞了才动手呢？或者它想有一场更浪漫的初恋？

结果，大猩猩又成了孤零零的一个，比以前更寂寞了，真是很可怜。于是，动物园送给它一台电视机，它非常喜欢，从早到晚都黏在电视机旁边。听说它最喜欢的节目是《野生王国》时，不知为什么，我落下了眼泪。

驴

《胡萝卜须》的作者儒勒·雷纳尔将驴比作“长大的兔子”，这么巧妙的比喻，即使找遍古今文字，也一定是绝无仅有吧。

装假牙的驴

千真万确，真有装假牙的驴，而且全是黄金假牙！当它张开嘴时，满嘴金光灿烂，实在是不得了。

那是从前上野动物园的一头驴，名叫“一文字”。这头驴年轻时牙齿当然非常好，但上了年纪以后，牙齿开始脱落，终于只剩下了一颗牙。这样它就很可怜了，完全失去了咀嚼能力。游客们送给它的爆米花塞在喉咙里，差点把它噎死。

事有凑巧，一文字被表彰为“长寿动物”。它已经活了三十一岁，相当于九十多岁的老人，的确很长寿。这时，有人提议：“如果给它一张奖状，对驴来说并没有什么意义，不如给它装上假牙，那它就可以精神十足地吃草，这才是真正

撒哈拉沙漠中，仿佛海市蜃楼般出现一头驴和两个神秘的孩子。莫非是陷入困境的公主和救出公主的年轻人？

的奖励。”于是就这么决定了。

当时还没有专门的动物牙医，就从喜欢动物的牙医中选择了一位。干这件事的医生不怕动物才行，不过，驴本来就很温和。医生撑开驴的嘴，用橡胶取了牙模，为它制作了上下两排假牙。这时，不知为什么，驴的饲养员说：“希望给它装一副金牙。”也许饲养员看到自己精心照顾多年的一文字上了年纪，有点没精打采，显出了老态，希望给它增加一点气派或豪华感，才提出这样的要求吧。

于是，一文字装上了两排金光闪闪的假牙。虽然有点像新年的舞狮，但它的确焕发了青春活力，咯吱咯吱地大嚼青草，神采奕奕，一定也恢复了自信。正如男士生发广告里说的，有了头发之后，男士对女士的态度立刻积极起来。牙齿也有同样的功效吧。

不过，由于假牙黏合剂有可能脱落，一文字的牙龈上装着一副用来固定假牙的带子。人们担心晚上假牙掉下来被它踩到，所以一文字要像人那样，晚上把假牙取下来，由饲养员保管。

可是天有不测风云，人生（驴生）也时刻存在着意外。已经恢复自信的一文字向山羊夸耀它那金光闪闪的牙齿，想吓吓山羊。那一瞬间，它忘记了年龄，纵身想跳过栅栏。可是，它的腿却没能如愿地跃起，结果它撞在栅栏上，摔成了肠扭转，不幸死去了。这真是一个令人悲伤的结局。

赤翡翠

我将相机对准这只鸟时，并没有想到它有一个如此奇妙的名字。之所以给它拍照，是因为它有长长的红色大嘴，圆圆的黑眼睛，美丽的橙色身体和玫瑰色的脚，我非常喜欢。说真的，它在动物园的玻璃鸟笼中，混在各种鸟儿之间，一刻不停地飞来跳去，给它拍照真是不容易。我费尽力气追着它，眼睛和手指都累得够呛。但不知为什么，我还是对它紧追不舍。

后来我才知道，这只鸟就是《会笑的翠鸟》中翠鸟的亲戚，这首有名的歌谣洋溢着爱心，作者是佐藤八郎先生。不过它并没有对我咯咯笑，但是它圆圆的黑眼睛，真像就要笑起来。

佐藤八郎先生是我喜爱的诗人，也许有读者没听说过这首《会笑的翠鸟》，请允许我介绍一下。在先生的童谣之后，是我的模仿之作。能写出这些诗句，需要有怎样的童心、自

快到这里来，和我们一起玩吧，没有妈妈的赤翡翠。（每次写俳句，我都会把字写多）

由的想象力和独特的感性啊。这样的人哪里还会再有呢？看到会笑的翠鸟，就想到："如果对这家伙说些好玩的话，它会笑个不停，怪烦人的，还是不说为好。"即使找遍全世界，能够这么想的人，除了八郎先生恐怕再也没有了吧。天才就是这样的。

狸子，狸子，狸子宝宝呀，
肚皮冻伤了，不要告诉翠鸟啊。
它会咯咯咯咯笑不停，
那就太吵啦。

长颈鹿，长颈鹿，长颈鹿阿姨，
喉咙上冷敷，不要告诉翠鸟啊。
（重复）

大象，大象，大象叔叔呀，
伤风感冒了，戴上鼻涕桶，不要告诉翠鸟啊。
（重复）

（佐藤八郎 作）

然后，我也写了一些不能告诉翠鸟的话：

熊猫，熊猫，熊猫兰兰呀，
戴了遮眼罩，不要告诉翠鸟啊。
它会咯咯咯咯笑不停，
那就太吵啦。

袋鼠，袋鼠，袋鼠妈妈呀，
做阑尾手术了，不要告诉翠鸟啊。
（重复）

鸵鸟，鸵鸟，鸵鸟哥哥呀，

大脚趾生脚气了，不要告诉翠鸟啊。
（重复）

蜥蜴，蜥蜴，蜥蜴叔叔呀，
鼻子涂了生发药，不要告诉翠鸟啊。
那会吓它一大跳，
说："这样的动物从来没见过！"

大熊猫 I

写在康康去世时

十一年前那个秋天的夜晚，你坐在巨大的笼子里，来到了上野动物园的后门。那天晚上，我溜出电视台的工作室，站在空无一人的公园后门，不知是什么心情。你当然不会明白，其实没有人明白。那时我并没有一门心思地想着早点见到你，不过觉得自己必须去那里，正是这种心情把我带到了那个地方。“你就在笼子里。”仅仅是这一点，便能让我心满意足地回到工作室。

从前伯伯送给我一件礼物，是一个美国制造的小布娃娃。我是多么喜欢它，寂寞的时候、快乐的时候，都紧紧地抱着它。小时候我并不知道那是一种真实的动物，更不知道那就是大熊猫。不过，这是我和你们的第一次相遇。多么快乐的相遇！我渐渐长大，每天去图书馆，查阅百科全书、动物图鉴。我只是想了解你们的事。康康……你是我见到的大熊猫中，最可爱、最聪明的一个。当我第一次在上野，在你房子的后院里见到你，你轻轻地摸了摸我的头，真像一个小男孩在哄比自己小的孩子，你抚摸得那么温柔。今天早晨，报社的人在电话的那一头说："康康死了，请问您的心情……"

填满我心灵的可爱身影消失了。我的喜悦和希望也消失了。一切都毫无预兆。以前，和我要好的狗没有告诉我就消失了，现在，我就像那次一样泪流满面。天堂的守护人啊，请你好好待它，因为这只奇妙的动物就是大熊猫……

莫斯科已故的大熊猫安安。这大概是日本最早介绍它的照片，曾获得奥林巴斯摄影展的金奖，发表于 1967 年。（由于底片已轶失，此图由彩色照片复印）

海狮

洛杉矶的海狮

二十年前，我拜访鱼类专家末广恭雄先生时，听到了一件令人难忘的事：先生去洛杉矶郊外的一家水族馆参观时，看到了一幅非常奇怪，也挺吓人的情景。一般来说，进行表演的动物不管多么聪明，也要有鱼或者糖作为奖赏才肯演出。可是这家水族馆里，一只即将登台表演的海狮却独自默默地在后台进行顶球练习。没有人给它奖品，是它在主动练习！在学者末广先生看来，这一幕不仅令人震惊，甚至有点可怕。

狡黠的海狮？

很久以前，我在江之岛看了一场非常有趣的比赛。在一个大水池中，比赛的枪声一响，海豚和海狮等就同时起跑。它们跳过一面球网似的东西游到对面，然后转回头来，又跳

您有什么事吗？我是海狮，可不是狗哦！

过球网，游到这边的终点。

可是，其中有一只海狮非常狡猾，不，或许该说它很聪明、很有个性。当枪声一响，它和大家一起出发，可到了球网那里，它纵身一跳，竟然挂在了球网上。

然后，它就在上面等着。当伙伴们掉过头来，再次跳过网时，它也一起跳回来，游到这边的终点，得到鱼作为奖励。真是太有趣了！球网非常狭窄，它挂在那里摇摇欲坠，要紧紧地贴着网才行。即便如此，可能也比游泳来得舒服吧。客人们看得兴高采烈，掌声雷动。它也用自己的鳍鼓掌，把大家逗得笑个不停，真是一只了不起的海狮。

狐狸

写给史泰福的狐狸

可爱的小狐狸，活泼的小狐狸呀，你知道你的妈妈是谁吗？你也许会说：“我是布娃娃，怎么会有妈妈？”可是，我的满不在乎的小狐狸，其实，你有个了不起的妈妈。你一定很吃惊吧？你妈妈生下第一个孩子——一只小白象，是在一百年前。好了，小狐狸，好好听我说，你妈妈用做衣服剩下的白毡，让一只小白象来到了人间。那是朋友家的孩子缠着她做的。于是，“布娃娃”就这么诞生了。请记住你妈妈的名字——玛格丽特·史泰福。

她是一位温柔美丽的德国女子，从两岁时起，她就开始了轮椅上的人生。也许年幼的你还不能理解，年轻美丽的女子在轮椅上度过一生，是怎样的一种光景。你妈妈不仅美丽温柔，还热爱动物。她让第一只小白象诞生是在三十三岁那年。从此，她成了所有动物的母亲。动物从她手中诞生，仿佛获得了生命，一个接一个地跑到全世界的孩子身边，跑到生病的孩子身边，跑到寻找朋友的孩子怀里，跑到睡梦中寂寞的孩子床上。在空袭中惊慌逃命的孩子，手里紧紧抱着的就是史泰福的布娃娃。她的布娃娃栩栩如生，有的猫咪甚至把布娃娃错认为自己的丈夫。

瞌睡的小狐狸啊，你已经明白了吧？你妈妈是一位充满爱心的女子。从三十三岁开始，直到六十二岁从轮椅上消失身影为止，她的一生都献给了拥有生命的布娃娃。三十九岁时，她创立了史泰福公司。布娃娃们是那样生机勃勃，因为我们一开始就知道，你们不会死，这是你们和标本的不同之处。好了，乖乖睡觉吧，史泰福的小狐狸。

星期六的晚上，舒舒服服趴在沙发上的小狐狸。

鹦鹉

佐藤鹦子

迄今为止，我见到的鹦鹉当中，最聪明、最有个性的要数“佐藤鹦子”。它是一只大白鹦鹉，是我主持娱乐新闻时遇到的。它到底有多聪明呢？当我问：“你叫什么名字？”它立刻大声回答：“佐藤鹦子！”

众所周知，有句话叫“鹦鹉学舌”，一般来说，如果我们对鹦鹉、八哥等说“小竹”，它们同样会回答“小竹”，当然，有的鹦鹉会自言自语，有的会接电话，说：“你好，这是 × × 美容院。阿嚏！小健，你的电话。”也有的把主人的话学得惟妙惟肖。但是，能和人一问一答的鹦鹉就太特别了。而且这只鹦鹉回答“佐藤鹦子”时，竟然毫不迟疑。

佐藤鹦子是一位姓佐藤的太太家的鹦鹉，所以有这么个名字。听佐藤太太说，她完全没有教过这只鹦鹉。可是当她从外面回来，咔哒一声打开大门，说“我回来了”的时候，在家里留守的鹦鹉就会大声说："你回来了！"接着又说："我要礼物。"有时这只鹦鹉会去电视台演出，当电视台的人把它连笼子一起送回家时，随着咔哒一声门响，它就会用疲惫的声音对家里的佐藤太太说："我回来了……"

另外，这只鹦鹉还会一门了不起的技艺，那就是表演"万岁"这个动作。本来它两只脚好好站在鸟笼里的树枝上，我说"表演一个万岁吧"，它就展开两只翅膀，向上抬起，一只脚朝前伸出，极快地大叫一声："万岁！"因为如果它不快点叫，就会失足摔下来。

在现场直播节目的最后，佐藤鹦子掀起了一个高潮。那天是聪明动物大聚会，出场的有会做数学题的狗，会跳芭蕾的熊等等。鹦鹉早早表演完了，它的笼子上蒙着黑布，放在我的脚边。不知出了什么毛病，当我说节目结束语的时候，笼子里的鹦鹉一句一句地和我对答起来。

我说："好，各位观众，今天的节目就到这里。"

鹦鹉说："好的，好的。"

我说："明天，我将就蔬菜的流通机构……"

鹦鹉说："好的，好的。"

我说："为什么这么贵……"

鹦鹉说："好……"

我说："请教相关人士的意见。"

鹦鹉说："好的，好的。"

在彩色电视发明出来以前，我们只能想象它们的美丽色彩。（不过，这种鸟的绚丽超乎人类的想象）

我说："敬请期待。"

鹦鹉说："好的，好的。"

我说："那么，各位观众……"

鹦鹉说："好。"

我说："明天见。"

鹦鹉说："好的，好的。"

我说："再见。"

鹦鹉说："好的，好的。"

而且，它说话的时间点比现在流行的相声更加恰到好处。

骆马

鸡有几只脚

听动物园的人说："小学高年级学生画鸡的时候，居然有很多孩子把鸡画成四只脚。"想想也是，鸡比鹦鹉和文鸟的体型大得多，孩子们也许觉得，没有四只脚就撑不起这么大的身体。不过，鸡毕竟是鸟类，不可能四脚着地跑来跑去。但这件事却让人笑不起来。现在电视上能看到鸡，有的动物园里也有鸡，孩子们大概都见过吧。可他们能画出火箭和变形金刚，却不会画鸡。我为什么要提这件事呢？因为这和骆马有关系。

照片上的骆马是不久以前在上野动物园拍摄的。我把长焦镜头从铁栏杆外伸进去，小心翼翼地避免让栅栏挡住镜头。这时，耳边传来了啪嗒啪嗒的脚步声，一个孩子跑了过来。那是个小学四年级模样的男孩，他来到我身边，也就是骆马栅栏的前面，叫道：

那么坚定的表情，那么不同寻常的体态，宛如乞丐王子一般（尤其屁股周围，越看越觉得有趣），全身的毛都是褐色的。

“妈妈，快看，狮子！”

狮子?！我大吃一惊。这时，一位年轻女子跟在孩子后面过来了，应该是他的妈妈吧。妈妈听了孩子的话，苦笑道：

“不对，这不是狮子，是骆驼。”

骆驼?！我又吃了一惊。不过骆马属于骆驼科，所以说“骆驼”倒也不算错。（但骆马背上没有驼峰。）至于说“狮子”……仔细观察一下，男孩似乎有点想当然了。他没见过狮子，不知道也难怪，但他显然只看了“骆马”说明牌上的头一个字，就认为它是狮子了。①

不知为什么，我觉得有点可怕。

于是，我仔细思索骆马和狮子的相同之处。遗憾的是，它们似乎没什么共同点。狮子头上有蓬蓬的鬃毛，骆马屁股上才有蓬蓬的毛；狮子的尾巴非常有名，骆马却没有尾巴；狮子的妊娠期大约三个月零两周，骆马的则长达一年零一个月；骆马生活在秘鲁等南美洲地区，狮子则生活在非洲和西南亚；狮子是肉食动物，骆马则是草食动物……

不过，如果再见到那个男孩，我会对他这么说：

“对了，骆马和狮子有一个地方相似，那就是它们都很坚强。”

---

①日语中，骆马和狮子的第一个假名相同。

大象

第一次去纽约时，最令我感到震撼的是在自然博物馆看到一批大象标本。在那以前，我在日本只见过鸟的标本，最多不过是狐狸的标本。那一群大象中，最前面的是象爸爸，他的鼻子高高扬在空中；随后是三四头小象，鼻子搭在伙伴的尾巴上；最后是一位体型巨大的象妈妈，看上去十分温和。当我看到这批大象标本时，那种震惊的心情真是难以描述。请您想象一下，大象身体里面的东西都被取走，只留下外皮，剩下一个空壳。看着大象的外皮，我心想，要在这里面填进各种各样的东西，把它恢复成原来的大小，需要花费多少精力啊。我们有这种精力吗？这一刻，我深深感受到了牛排与茶泡饭的区别。

接下来，我说一个令人难忘的大象的故事。那是好几年前发生在上野动物园的事。因为一点小事，一头雌象和别的雌象吵架了，当时雌象正处于发情期，它疯狂发作，人们束

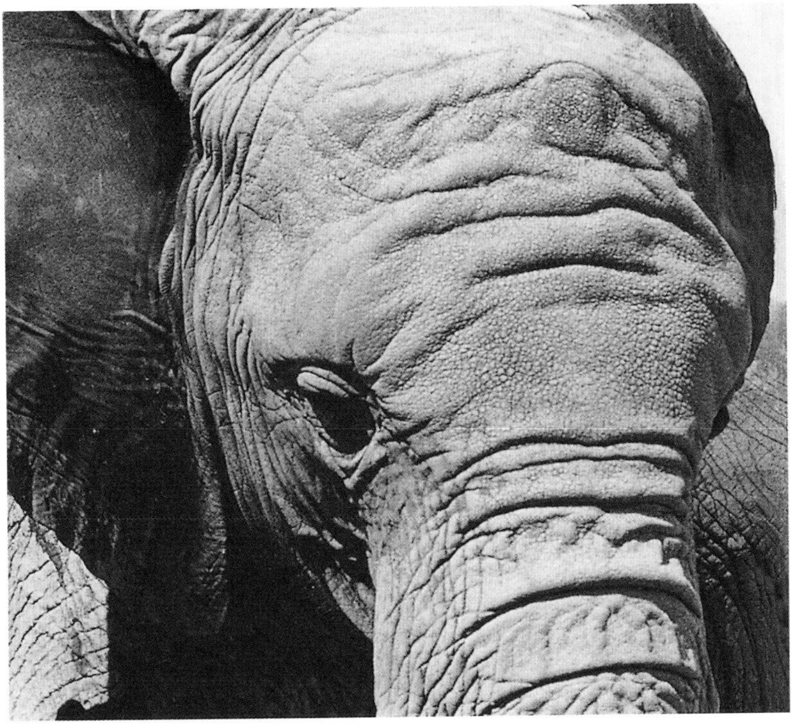

把鼻子伸进车窗里的大象。（摄于宫崎野生动物园）

手无策，连饲养员也不知如何是好。按理说锁住它的脚就行了，但靠近它太危险。人们越喧闹，大象就越亢奋，不停地怒吼，眼看要出大事了。

这时，动物园的工作人员商量说："只有熟悉这只大象的落合先生才能控制住混乱局面。可落合先生患了重病，已经住院两年了。不过，我们还是去问问吧。"

大家打电话过去，落合先生说：“看来我只好去一趟了。”于是身穿睡衣，由护士们搀扶着来到了动物园。这位瘦弱的老先生来到狂怒的大象身边，轻轻拍了拍象腿，小声说：“怎么了？这像什么样子？”结果，谁都不理睬的大象听了这句话，竟然垂下耳朵，安静下来了。老先生说：“给它锁上吧。”于是一切风平浪静。而老先生一周后就去世了。

人和大象居然能如此心心相通，这真是个精彩的故事。

大熊猫 II

拜启，永六辅先生：

直到现在，我才为十五年前的事情道歉，您一定觉得可笑吧。但我突然想起“熟人间也要拘礼”这句话，才写了这封信。您的记性那么好，想必也没忘记这件事。

十五年前的秋天，您要去莫斯科。那时我缠着您说：“去了莫斯科，请一定去动物园看看大熊猫安安，可能的话，替我拍张照片吧。拜托了，请千万别忘记。”可是事出偶然，我碰巧在同一时间有机会去英国伦敦，您大概也记得吧。

我从小学时起，就是个“大熊猫研究家”，而第一个能亲眼看到活的大熊猫的机会就在伦敦。无论怎样查阅照片、百科全书和资料，如果没有真正见到活的熊猫，就什么都不明白。更重要的是，那时我一门心思非看大熊猫不可，这促使我决心踏上伦敦之行。

当时，伦敦有一只名叫“姬姬”的雌性大熊猫，而莫斯

已故的莫斯科的大熊猫安安。（由于底片已轶失，此图由彩色照片复印）

科的“安安”则是一只雄性大熊猫。在伦敦动物园，我千真万确地亲眼见到了向往已久的大熊猫，三十年来的梦想终于实现了。我去的时候，曾对自己说：“如果大熊猫没有想象中的那么可爱，那就算了。”可亲眼一看，大熊猫比想象中还要可爱百倍。我忍不住热泪盈眶。没想到,我的快乐还不止于此。我真是太幸运了——原来，安安要与姬姬缔结跨国婚姻，从莫斯科乘坐为它特别准备的飞机来到了伦敦。我竟然可以一次见到两只大熊猫！那时我拍下来的就是大熊猫先生安安。

非常抱歉的是，当时完全没有关于大熊猫的报道，人们根本不会想到莫斯科的安安竟然来到了伦敦。我欢天喜地看着两只大熊猫，早已把拜托您去莫斯科动物园替我看大熊猫安安的事忘了个一干二净。当时，伦敦秋高气爽，莫斯科却有暴风雪。后来我听说,您顶风冒雪,一边连声叫着“大熊猫”,一边在动物园里跑来跑去、四处寻觅。苏联人听不懂“大熊猫”这个词，让您受尽了辛苦。即便如此，您还是成功找到了安安的熊猫馆，可是无论怎么呼唤，都不见安安的身影。您跨越了几千公里去寻找安安，我绝对不会忘记您的深切情意。

另外，那场国际婚姻并没有成功，而且四年后，两只大熊猫都年老衰弱而死。写到这里，我搁笔了，请您多保重。

2

这是《小豆豆动物剧场》的第二集。

在第一集的后记中，我写道："此外，我还有不少照片和文章，如果大家想看第二集，请告诉我。"结果出乎意料，竟有那么多读者写来了温馨的感想，并说："请一定出第二集。"非常感谢大家。我将那些可爱、美丽而有趣的动物拍摄下来并写上文字，能得到大家的喜欢，让我欣喜不已。

另外，我想借此机会，向为第一集写书评的朋友们表示由衷的感谢。朋友们给予我和动物们热情的关注，并写下文字。如果书中的动物演员们能知道书评的内容，它们该多么高兴啊。真是很遗憾。

关于我拍摄的照片，在第一集中也说过，我的摄影经验只有二十五年，而且要在有限的时间内跑到动物园拍照，所以就照片来说，并非什么值得关注的作品。这一点我也很清楚。但我从小就喜欢动物，认为每种动物都是美好的，希望能拍下动物最精彩的一刻。

在此，我想借筱山纪信先生的话描绘一下动物们。那就是我拍照时，动物们"感到很开心"。这句话是过奖了，但动物们的确相当配合。

在这一集中登场的动物完全不比第一集逊色，都是明星。

好，开幕的铃声响啦……

大熊猫

上海杂技团的伟伟

大熊猫伟伟：日本的观众，你们好！

在孩子们的欢声笑语和兴奋的叫喊中，我仿佛看到了梦中的景象。

伟伟在翻跟头，身体滚成一团，像黑白相间的大足球。

像布娃娃一样可爱的大熊猫，正在马戏团的灯光下表演节目。它骑在木马上，使劲地摇晃身体，端端正正地用刀叉吃饭，玩滑梯，吹喇叭。我心里一遍遍地想，能来看太好了。如果表演节目的大熊猫让人觉得很可怜，那我肯定会反感，就不会来看马戏团的节目了。

可是，这只世界上唯一会演节目的大熊猫，并不是被人逼着做的，而是自己一边琢磨一边表演，让人看得安心。我庆幸自己来到这里，不仅因为看了节目，更重要的是能从近处看到伟伟。它开始和结束演出时表现出的有趣和认真的样子，简直令人难以置信。

比如表演躺在大桌子上四脚转大足球的节目，桌子搬上来后，伟伟来到桌旁，目不转睛地看了一会儿，仿佛在谨慎地检查桌子是否结实。接下来，它爬到桌子上，咣当一声仰面躺下，为转球准备了最好的姿势。

但伟伟还是个孩子（才八岁），而且占身体四分之一的大脑袋非常重。它虽然想好好躺下，还是有点歪了，脑袋从桌子边上垂下来，眼看就要往下滑。于是它坐了起来，直直地伸着腿，认真盯着自己所坐的桌子看，“好像没躺好……”它小心翼翼地左右移动屁股，挪了挪地方，又使劲地咣当躺下。

哎呀，头又垂下来了。于是，伟伟又坐了起来，搔了搔脑袋，仿佛在说：“真奇怪！”

年轻的驯兽师一直默默地看着伟伟，这时对它说了一句话。驯兽师是用汉语说的，大概是“稍微往下一点，往右一点”。大熊猫听了这句话，居然立刻挪动着屁股，略往下移了移，又往右移了移。躺下来一看，这回刚好合适。伟伟大概也很满意，把四只脚唰地抬了起来。黑白相间的足球飞过来，伟伟用脚接住。下一瞬间，球就骨碌骨碌地飞快

我是大猩猩！

转动起来……

在潮水般的热烈掌声中，伟伟吹着喇叭，坐在狗拉的车子上，从舞台上消失了。呜呜的喇叭声，直到现在还留在我的耳朵里。大熊猫的表演轻松快乐，自由自在，不取媚观众，是最高境界的艺术。

虎

如果用推子剃去老虎的花纹……

人们经常争论，斑马到底是黑底白纹，还是白底黑纹？而关于老虎，百科全书上已经确定了它是“黄底黑纹”。不过有趣的是，如果用推子把毛剃去，猫科动物——猫、豹、虎（不管虎多么威风，也属于猫科，这么一想，让人稍微放心一点。如果把猫科改成虎科，那猫就属于虎科了，多吓人啊）——身上的斑点啦、条纹啦都会消失不见，变成单色的，大概是肉色吧。动物园的人真是什么都试验过。不知道大熊猫会是什么样子。中国将大熊猫归为“大熊猫科”，剃了毛后，大熊猫会变成单色的吗？

我只有和老虎无法做朋友

一般来说，所有长着毛的动物（也就是哺乳类），我都非常喜欢，远远地看到它们，就觉得能和它们成为朋友。只

加藤清正[①]真能降伏这样的猛虎吗？

① 日本安土桃山时代、江户时代著名武将。传说他在攻打朝鲜时曾独自击退猛虎，因此得名“加藤虎退治”。

有老虎不行。老虎的眼睛太可怕了，简直可以用“狰狞”来形容。（对不起，这句话要得罪喜欢收集虎眼石的朋友了。）而且，当我去野生动物园时，狮子会高高兴兴地趴在路中间晒太阳，老虎却总是躲在树下或泥塘中。它静静地待在人们想象不到的地方。当我们“啊”的一下注意到它时，它就用那冰冷可怕的眼睛朝这边望来，吓得人不敢动弹。即便它想和我做朋友，我也不敢。

“虎之子”的由来

当人们特别珍惜的宝贝被偷走时，就会叹息：“宝贵的虎之子丢了。”这是因为老虎爱孩子是有名的，它们从心底珍爱孩子，从来不让孩子离开自己身边。所以，珍贵的东西就被称为“虎之子”。

我看到了雪白的老虎

我在华盛顿动物园看到一只世上罕见的白虎。它的身体是米白色，上面有白色花纹，眼睛黑漆漆的，真是太美了。这只虎被称为“猫科之王”，可谓当之无愧。

关于苏门答腊虎

照片上的老虎来自苏门答腊，叫作苏门答腊虎。可是，这只老虎心眼有点坏，它在笼子里只要把屁股朝向游客，就会唰的一下向后喷出一股尿，动作敏捷极了，请大家一定要小心。另外，您是否觉得照片中的老虎脸上的花纹有点奇怪，甚至像京剧的脸谱？仔细一看，它比别的苏门答腊虎脸上多了几条像歌舞伎脸谱一样的花纹。原来竟有这样的事。

与那国马

这张珍贵的照片，是我去冲绳的时候拜托别人帮忙才拍下的。您大概要问:“请谁帮的忙呢？”原来是请一位吃草的先生，名叫小马驹。它本来在一个小马场中，那里有点泥泞，还有大马的粪便。于是，我拜托它:“请到绿地上去好吗？那样更有冲绳的气氛。”公园的人过去拉它，但它用脚死死撑住地面,纹丝不动。可是当我走到它身边,柔声请求它的时候，它立刻嗒嗒地离开马场，自己选择了这个地方，并且摆出了姿势。无论是背景还是姿势，都美妙得无懈可击。它嘴边那个木头做的东西是马嚼子。

人们经常说“马耳东风”、“在马耳边念佛”[①]，其实这是不对的。以前我曾经有两次对马提出请求，才得以避免危险，今天就说说其中一个故事吧。

①日本惯用语，类似“对牛弹琴”。

我在学生时代曾立志做一个马术骑手，非常热衷于骑马。一个秋天的傍晚，我在山中湖游玩的时候，在湖边看到一个少年牵着一匹裸马。裸马就是没有鞍子的马，马身上只有一块毯子和马镫。我请少年把马借给我，可是不知道那匹马怎么想的，当我骑上去后，它突然啪嗒啪嗒走进了湖里。我大吃一惊，可那时它已经哗哗地开始游泳，拍打水面的声音十分激烈，想必川中岛合战中就响着这样的声音吧。我穿着裙子，腰以下都没入了水中。如果马甩一甩身子，我肯定会掉进湖里一命呜呼。四周只能看到岸边的少年那小小的身影，而且距离那么遥远。我走投无路，只好把嘴凑到马耳边，恳求道：

小马驹看起来真像一个毛绒玩具。

“你也许因为什么不高兴了吧。请你回到岸上好吗？我立刻就下去……”

于是，马突然来了一个急转弯，静静地在水中游着，很快就回到了岸上。这是一个真实的故事。

孔雀

在纽约等地，如果人们见到这样的黑人男子——身材细长，穿着轻飘飘的粉红衬衫和紫色裤子，白绿相间的靴子，戴着黑色软帽和金色项坠、手镯——从眼前走过的时候，就会说:“那家伙真像个孔雀！”是说他打扮得像孔雀那样花枝招展，而且炫耀地走来走去，所以人们这样称呼他。也有人说:“女王陛下戴着宝石，穿着豪华的礼服，像孔雀一样美丽。”所以我一直以为孔雀是形容女子的词，听到人们这么评价黑人男子，感到非常吃惊。但在外国，孔雀和鸟儿一样，确实是用来形容男性的。我一直以为“Peacock”这个词指的是孔雀，其实我错了，它指的是雄孔雀，雌孔雀是“Peahen”。

能有假发就好了！

雄孔雀的尾羽能用来制作装饰品，过去人们会捕杀雄孔雀，拔掉它们的毛。现在则是养殖孔雀，在它们羽毛长得最

为了你的芳心，我愿做永远盛开的花朵。——〔西班牙〕希梅内斯

美丽的时候拔取尾羽，然后再等待它们的羽毛重新长出。那么，“为了取悦雌孔雀，雄孔雀才如此美丽”这一自然法则，究竟是否属实呢？养殖孔雀以后，这个问题就清楚了。

春天到来时，养殖场里最先发出结婚的呼唤的，是雌孔雀。人类世界中，只有一年一度的情人节才是女性向男性求婚的日子。与拘谨的人类女性不同，孔雀世界中由雌孔雀进行表白。雌孔雀发出求爱的呼唤后，雄孔雀会在雌孔雀面前排成一行，为了取悦雌孔雀，像这张照片上的白孔雀那样将尾羽展开，前后摇动，发出哒哒声，仿佛在邀请雌孔雀，真像美妙的舞蹈。如果所有雌孔雀在同一时间发出爱情呼唤，就会造成混乱，或者说会变成集体大相亲的局面。所以，老天仿佛特意安排好了，雌孔雀有的早熟，有的晚熟，会一个接一个地发情，这样雄孔雀就不会陷入混乱了。

但养殖场证明了一个事实，孔雀的尾羽一定要特别华丽，如果没有羽毛，绝对不受欢迎。这和人类世界不同。即便是秃头的大叔，在人类社会中也会受欢迎——还是人类社会比较好啊。比如说人气影星尤·伯连纳、今东光，以及扮演警探科杰克的特利·萨瓦拉斯，人们会夸他们“真性感”。可是在孔雀社会中，一旦没了羽毛，雌孔雀会立刻把头扭开，不屑一顾。可是，雄孔雀还不知道自己的羽毛已经掉光，依然会把屁股翘得高高的跳舞，以为自己还有美丽的尾羽。养殖场的人们说，这是最让人难过的情景。

小熊猫

小熊猫太太的告白

请大家听一听我们夫妻的烦恼吧……唉，不知为什么，到动物园以后，来看我们的人都说："什么？这也叫熊猫？这不是骗人嘛。"其实，我们绝没有骗人的意思。住在那边的黑白大熊猫是从中国来的明星，我们和它虽然名字相似，但模样大不相同。我们身体小巧，毛是金褐色的，尾巴长长的，眼圈白白的。说实话，在大熊猫为人所知五十年以前，我们被称为"闪光的猫"，是全世界的偶像呢。

其实，我们才是真正的熊猫。即便说起吃竹子，也是我们才正宗。

小熊猫先生的告白

唉……我太太过于激动了。我反对什么"正宗不正宗"的说法，那无关紧要。我就说说"小熊猫"这个名字的来历吧。

太太在安静地午睡。

“熊猫”其实是尼泊尔语“吃竹子的动物”的讹音。我们原产自尼泊尔，是褐色的，学者依据这些给我们起了“熊猫”(Panda) 这个名字。后来，西方人在中国发现了那种黑白花色的大块头先生，把它们从四川带到了欧洲和美洲。它们和我们一样，也被叫作“熊猫”，于是大块头先生就被称为“大熊猫”(Giant Panda)，我们由英语的“小”(Lesser) 这个词，被称为“小熊猫”(Lesser Panda)。

小熊猫夫妻对话

妻：说起来，我们虽然没有名气，但也可以因此保留一些隐私。

夫：是啊，比如我们结婚，就不会被人拍照，也不会上报纸，这样轻松多了。

先生在自由自在地空想。

妻：可是，偶尔上上报纸也不坏嘛。

夫：前一阵子不是有报道说，在一家动物园里，我们的同伴把人类的小孩子咬伤了吗？

妻：那太失礼了！我们只有在给人留下坏印象时，才会上报纸啊。当大明星的亲戚真不容易。

一句话　我们并不羡慕黑白的大熊猫，因为我们是彩色的！

火烈鸟

火烈鸟之歌
——我的文字游戏

意大利歌剧，多明戈歌声第一高。

(不错吧？我似乎还有点文字游戏的才能，不好意思。)

黄油和面粉，甜甜圈的好材料。

(这样继续下去，还可以吧？)

海边拾到白珊瑚，童年记忆如浪涛。

(哎？马马虎虎？)

弹子球游戏，爸爸玩得真不少。

(嗯？最后一定要押韵？噢——)

黎巴嫩人，黎巴嫩话呱呱叫。

(嗯——这是一个好主意！)

西班牙人，西班牙话呱呱叫。

火烈鸟，你们四个凑在一起，在商量什么呢？

（嗯——还有没有别的了呢？）

中国人讲北京话和广东话，汉字写得呱呱叫！

（哎？这么说很傻？我也这么觉得。）

《白马童子》，山城新伍人气高。[①]

（哈，已经黔驴技穷了？请往下看。）

等等再过去，红灯亮了瞧一瞧。

（我明白了，我不可能像作家井上厦先生那么高明，不过……）

南洋芒果，水果之王滋味妙。

岩石上，墓地中，线香袅袅在缭绕。

新腌的咸菜，故乡妈妈的味道。

金鱼饵，只是小小的水蚤。

跳起拉丁舞，热情探戈少不了。

《叛舰凯恩号》，亨弗莱·鲍嘉宝刀不老。

春天要来了，花朵虽美丽，可我更爱团子味道好。

（我的努力还是有效果的吧，谢谢！）

列举了这么多，

我最喜爱的，

还是粉红色的可爱火烈鸟！

---

①《白马童子》是1960年播出的日本古装电视剧，讲述了浪人葵太郎扮作“白马童子”为民除害的故事。剧中葵太郎的扮演者是当时的人气演员山城新伍。

我生平第一次知道世上有火烈鸟这种动物，是在读饭泽匡先生写的剧本《昆仑山的人们》的时候。剧本里出现了一只非常妩媚的鸟，穿着紧身的粉红色衣裳，脖子曲折修长，连尾巴也是粉红的。它说："我是火烈鸟，是仙人的坐骑。"这只火烈鸟还说："我的主人很怪，他喜欢我粉红的颜色，嘿嘿。"这部写于战争刚结束的时候的作品，讽刺了战争中对人命的轻视，也抒发了被占领军压迫的日本人的悲哀。读剧本时，我非常吃惊，心想：竟有粉红色的鹤？虽说火烈鸟捕食贝类和虾，但它的脖子弯弯曲曲，也挺怪的。

松鼠猴

我无法忘记那一天，我手里拿着红气球，站在松鼠猴的笼子前。那是二十年前，一个炎热的夏日午后，我还穿着男孩子式样的衣服：黑色套头毛衣，黑色滑雪裤，黑色靴子。我手里拿着气球，突然出现在数寄屋桥的十字路口。那时我还是适合扮演精灵的年纪，为参加 NHK 艺术节的电视剧拍摄外景。休息的时候，我独自来到了西银座的商场，因为那里面似乎很凉爽。我在地下一层的楼梯上看到了很多笼子，装着各种动物。那儿是宠物卖场。在一个笼子里，三十多只松鼠猴吵吵嚷嚷。笼子三面是木板，正面是细细的栅栏。

我站在那里，温和地看着它们。一只松鼠猴叫了起来，原来它注意到了气球。我很惊讶。更令我吃讶的是，另一只松鼠猴指着气球，吱吱地说着什么。下一个瞬间，所有松鼠猴都冲到栅栏前，指着气球，说着什么。那声音仿佛是："快看，那是什么？样子真奇怪！是什么？从来没见过，快看啊。

松鼠猴排在一起时很特别，相邻的两只脸不会朝向同一边。所以，在两张猴脸之间，可以看到脸朝另一边的猴子的尾巴。这张照片中，左边的猴子排列得非常好，不过最右边的那只猴子却弄错了，脸朝向了对面，显得乱七八糟。

是很有趣的东西吗？看……”我笑了起来，觉得很好玩。

十分钟后，我又回到了松鼠猴面前。我大吃一惊，所有松鼠猴都缩在笼子最里头，没有一只肯到前面来。一只也不肯。在我离开的时候，它们一定是谈论了什么，比如：“那个奇怪的东西真可怕，还是离它远一点好。”我很想哭，觉得它们真可怜。我忘记告诉它们，红气球一点也不可怕，真遗憾。每当想起躲在笼子最里面的松鼠猴，想起它们那惊慌的眼神，我心里就充满了悲伤。

水牛

水牛奶掺水了？

我是个不学无术的人，直到今年暑假，我去意大利和泰国旅游时，还以为水牛是耕种水田需要的动物，而且像骆驼那样可以骑。（我曾经见到中国画上老子骑着水牛，也看过这样的戏剧。不过有一种说法是，被称为孔子之师的“老子”根本就不存在。我也不太清楚。总之，水牛似乎可以当坐骑。）可是，在从机场去往罗马市内的路上，我看到了水牛。我问意大利人：“那是做什么用的？”对方理所当然地说：“挤奶用的啊。”我吃了一惊，心想，水牛奶？

于是我问：“水牛奶是不是很稀，像掺过水那样？”意大利人微微一笑：“怎么会呢？水牛奶做的奶酪好吃极了，是上等品！（说到这里，他咂了咂舌。）特别是从罗马周边到南方的那不勒斯这一带，水牛奶酪又新鲜又精致，根本不卖到外地去。光是这个地区的人就会一下子消耗光。”

“我就是这一带的老大，你有什么事？”

我仔细观察了一下，意大利的水牛生活在草地上，挤奶应该很方便，也许奶并不稀。不过，如果像它的名字那样，为水中的水牛挤奶，也许真的会变成“掺水”的奶吧……

我吃到了水牛奶酪！

第二天，人家请我吃午饭。那是一个别致的意大利餐馆，饭桌设在大树底下。大盘子里放着鲜艳的西红柿，切得碎碎的，上面稀稀落落地撒着绿色的罗勒，还有一种雪白的软绵绵的东西点缀其间。这东西就是水牛奶酪，意大利人称之为“Mozzarella”。它味道极好，口感尤其独特，甜甜的，比想象中还要美味。从那以后，我成了水牛奶酪的爱好者。

请让一让

照片中的水牛是泰国曼谷的野生公水牛，是我去泰国古都大城府参观时拍摄的。水牛在昔日的石柱和石壁的遗迹间吃草，看上去既美丽，又有点凄凉。我正在专心致志地拍摄，这时“啪啪”几声，有人温和地拍我的肩膀。我回头一看，原来不是人，而是一头没有角的水牛，它要吃我踩住的草。我向它道了歉，赶紧走开了。

长颈鹿

仔细看看的话，我们会发现长颈鹿的脸长得很奇妙。像什么呢？原来，它像过去国王身边的小丑，也就是扑克牌中的鬼牌，特别是脑袋，简直一模一样。长颈鹿的头上有两个突起，顶端还缀着两个圆圆的球，脑门上也装饰着一个圆球。左右两边各有一个大大的三角形耳朵。如果把后面这张照片倒过来，遮住长颈鹿的脖子部分，那就像一只小鸟在蹒跚学步，真是太奇怪了。

长颈鹿乍一看是温顺和气的动物，但这只是表面现象，其实它非常危险。如果有什么事不合它的心意，它会突然把长脖子甩过来，你还来不及眨眼，就会被它的长脖子击倒。它的脖子是那么粗、那么长，会把人打昏，让人受重伤，所以请一定不要到长颈鹿身边去。

不过，长颈鹿还是无比爱看热闹、好奇心无比强烈的动

物——当然，它的头那么高，确实很适合看热闹，即使我不过去，它也会自己凑到我身边。在宫崎野生动物园，饲养员给我看刚出生的狮子宝宝。对于这个场面，旁边的食草动物——比如犀牛、骆驼、象、野牛都表现得毫不关心，可长颈鹿就不一样了。就像照片中那样，它目不转睛地凑了过来，先盯着狮子宝宝看了一会儿，然后又看了看我，意味深长地摇摇头，似乎微笑了一下。哎，不知道它在想什么。总之，它似乎对我们有些想法。反正它也闲着，所以寸步不离地盯着我们，那副兴致勃勃的样子，连女性周刊杂志也比不过。

不过，长颈鹿也有弱点，那就是血压。血液要经过它的长脖子进入大脑，实在太不容易了。如果血液流通不好，它就会得脑贫血。所以，长颈鹿的大脑中有很多变压器似的东西来调节，但它的血压还是很容易升高，通常能达到二百三十。长颈鹿不能通过飞机运送，因为它一抬起头就会碰到天花板，没法上飞机，所以只能低着头。而如果老是低着头，它很快就会因脑溢血而死去，真是可怜。

所以，长颈鹿必须总是高高地昂着头。不过，说实在的，没有比恋爱中的长颈鹿更美丽的了。它们长长的脖颈在高处互相缠绕，像是两条粗粗的纸捻，静静地舔着对方的脖颈。它们的脖颈是那么修长，那优雅美妙的姿态令人感动不已。

可是有乐必有苦，有喜也有悲。恋爱之后，雌长颈鹿怀孕了，由于长颈鹿的脖子长，分娩变得相当辛苦。长颈鹿宝宝的脖子和手脚太长了，在出生时，它们会被卡住而造成难产。说到它的脖子有多长，长颈鹿宝宝一生下来，身高就有一米八。您一定觉得这太难想象了吧。长颈鹿宝宝体重八十公斤。长颈鹿妈妈虽然站着分娩，但实在太痛苦，所以流着眼泪，边分娩边走来走去，终于生下宝宝，但出生的瞬间

虽然生存竞争那么激烈，但食物高高在上，就不用担心被偷走，真不错。

对宝宝来说却太可怕了，它和羊水一起从高达三米的妈妈体内扑通一声掉到地上。但既然生了下来，就没什么危险了。接下来，长颈鹿宝宝拼命地用它那柔弱的腿站起来，真是一幅美丽的画面。弱小的动物如果不能马上站起来走路，就会遭到攻击。

在上帝创造的物种中，长颈鹿最有个性。每当看到你们，我就会祈祷——愿你们美丽的身影不要从地球上消失。

浣熊

过去我一直相信，被称为浣熊的动物应该都是会洗东西的熊。连百科全书上也记载着：“浣熊，是将小龙虾、鱼、贝类等洗过后再吃的动物。”

可是，十年前我去宝冢动物园时，却看到了令我吃惊的景象。四只浣熊同住在一个院子里，院子中靠近游客的地方，有一条大约三十厘米宽的小河，河里流淌的大概是自来水。

不知道您是否见过浣熊洗东西。当游客丢来饼干，浣熊一捡到饼干，马上拿到河边去洗，它们用两只手呵哧呵哧地搓。可惜的是，饼干在水中散掉了。像有洁癖的太太似的搓洗的浣熊看到手中的饼干消失，都露出不可思议的表情，东张西望。然后，它们又等着下一块饼干飞来，真是很有耐心。当浣熊并排着洗饼干时，被碎饼干弄混浊的水从上游流下，但下游的浣熊并不在意，仍然呵哧呵哧地洗着。在自然界中，动物们吃的东西都是活的，所以像浣熊这样洗洗再吃还是挺

这是真正的浣熊。不过，因为那部大受欢迎的动画片《浣熊拉斯卡尔》中的主人公长得很像小熊猫，所以真正的浣熊反而不为人所知。孩子们成群结队地来到动物园，一边大叫着："哇，浣熊拉斯卡尔！"一边跑到了隔壁小熊猫那里去。在这种气氛中，浣熊渐渐变得消沉起来。所以，当您去动物园时，请一定记得来看浣熊，还要大声说："哇，浣熊！"和人类一样，动物也喜欢被关注、被认可。或许，它们比人还要喜欢呢。

好的。

再说院子里的四只浣熊，其中三只的行为就像百科全书里描述的那样，令我惊讶的是剩下一只浣熊的举动。当饼干飞来时，它立刻啪的一下塞进嘴里。别的浣熊排在一起呵哧呵哧地搓洗，它却绝不去洗，而是用手抓住饼干，急急忙忙塞进嘴里咽了下去。难以想象吧？就算这是从生活中获得的智慧，但它的行为和百科全书里说的差距未免也太大了些。而且，这只有个性的浣熊还有更绝的。当它吃饱后，再捡到飞来的饼干，不光不去洗，还跑回后面自己的窝，把饼干藏到席子下面。也就是说，它把食物储存起来了。我盯着这只“不浣的熊”好一会儿，发现它总是待在离同伴很远的地方，大概不洗东西还是会被同伴们看成有怪癖，不太合适吧。真是一只小心谨慎的聪明的浣熊。

一句话　熊猫属于浣熊科，但是，除了雌性熊猫会在小水池里洗屁股以外，它们什么都不洗。（这是真的。）

貘

据说，貘这种动物靠吃人类的“梦”为生。

有这么一个笑话：世界各国选出的貘去参加奥运会。在百米赛跑中，各国的貘同时起跑，可没跑上几米，日本的貘就摔倒了，原因是——营养不良。

这个笑话很让人伤心。为什么呢？营养不良是因为没有东西可吃，也就是说，日本人现在没有梦想，无力养活貘。

不过，从另一个角度想，也许貘是吃了太多噩梦而消化不良，才造成营养失调吧。但无论是哪个原因，日本是不适合貘生活的国家，这一点却是毋庸置疑。

我小学时的舞蹈老师叫石井漠。他是日本的现代舞之父，自由舞蹈的先驱。长期以来，我一直以为他的名字就是动物的那个“貘”字，他的脸似乎也有点像貘。当我对老师说“我想跳《天鹅湖》那样的古典芭蕾”时，他说“我不跳那样的”，然后用无与伦比的轻盈姿态翩然旋转，那样子真像是吃了梦

有一种说法是，神用制造各种动物剩下来的东西创造了貘，用的是大象的鼻子、犀牛的眼、牛的尾巴和老虎的爪子。不过，貘一点也不显得别扭，这是因为神最喜欢貘，总是坐在它的背上。

的人。

那么，动物园中真实的貘又是什么样子呢？它主要吃树芽和水草等植物，总是一副忙忙碌碌的样子，和梦境中的动物形象相去甚远。

它们用爪子挠痒痒，打喷嚏；凑过来闻我身上的气味；匆匆忙忙地走路，被石头绊一跤，飞了出去；雄貘骑在雌貘背上（我还没看见这场面，旁边一个大约小学三年级的小女孩，一边大叫“哇！羞羞！”一边赶紧凑过去看——竟然是这个样子）；和隔壁的高个子骆马搭话；眺望晚霞；撒了长长的一大泡尿；向前跌了一跤……

总之，这是一种忙忙碌碌的动物。不过，我总是在傍晚才去看它们，也许它们这时候特别忙呢。

香港的动物们

在这本《小豆豆动物剧场》中，狗和猫已经登台亮相过，但我还是忍不住把这两张照片中的狗和猫给大家看，因为这是古老渔村的猫狗。从香港岛乘坐约一小时渡船，就来到一个名叫长州的渔村，那里还保留着中国古典的风味。不过，要是您问我："什么是中国古典风味？"我倒也答不上来……

那座小岛上有许多小店，卖鱼干的、卖杂货的、卖瓷器的，一家一家鳞次栉比。到了中午，每一家小店都会把饭桌摆到店门口。爷爷啊，孙子啊，一大家子人围在一起吃午饭。他们一只手端着盛有热气腾腾米饭的大碗，一只手拿着长长的筷子，高高兴兴地一边说笑一边吃饭。大家一起照看小店，这情景多么令人向往啊。即便饭菜很简单，他们也一点不介意周围的人，大大方方地享用自己的食物。当我看到这样的场景，不知为什么就会感受到中国的气氛。那里的狗和猫也完全是一副家庭成员的表情，在饭桌底下、人们的脚边一起

照片是香港的渔村。上图是两只狗，它们睡觉的姿势一模一样。下图的猫一定相信自己是个美女。

吃着饭。它们并不吃猫粮或狗饼干，而是和人们一起分享饭菜，也会津津有味地啃很长时间的骨头。

当我们这些游客在海景餐馆里，享用有虾有蟹又便宜又美味的饭菜时，我明白了这里的人们有多么疼爱狗和猫。我们的菜肴中有一份是带着骨头的肉，剩下了很多骨头，我对导游小姐说："能不能把这些骨头送给刚才看到的狗？"年轻的导游小姐善解人意地笑了笑，说："不过，我想大家都已经吃过午饭了。"

我几乎要落下泪来，是啊，在这里真的是"大家"一起吃饭。过去我们也是一家人，还有猫狗一起热热闹闹地吃饭。可是现在，即便我们吃的东西很高级，但大家都默不作声地吃着，没有人讲话，只有嘴巴在动，眼睛则盯着电视机。

当我看到放心大胆地在路边睡觉的狗，以及这只满怀自信看店的美丽白猫，我明白了，这里的猫狗是从心里信赖着人类。

所以，看到我对香港猫狗的介绍，您一定知道我的旅行是多么精彩了吧。

鸵鸟

鸵鸟蛋

以前我们学法语的时候，用的教材是安德烈·鲁森的喜剧剧本《鸵鸟蛋》。据说鸵鸟这种动物，遇到困难或者有危险逼近时，它们就会把头钻到沙子里，什么也不看。也就是说，它们认为，只要不看，危险就会消失。因为这个缘故，人们就把遇到困难时没有勇气正视的人叫作“鸵鸟”——鲁森是这样写的。

剧中有一位父亲，他是军人，总爱说些大话。但一旦有不如人意的事情发生，或者有危险的时候，他就不肯正视，只顾拼命地朝对方怒吼，给对方施加压力，并否定一切。给这位“鸵鸟”父亲带来危险的，则是他的同性恋儿子，也就是“鸵鸟蛋”。

父亲认为，从军是男人的事业中最有男子汉气概的。儿子却和父亲的想法相去甚远，性格软绵绵的。但就是这个儿

哥哥（左）：“那个姐姐在给我们拍照，我想她对我们很有好感。”
弟弟（右）：“可是她也太能折腾了，一会儿站起来，一会儿蹲下去！”
（出生后九个月的鸵鸟兄弟，摄于滨松市立动物园）

子，却作为一名设计师获得了巨大成功，得到社会的认可，大受欢迎。当观众们看到父亲一次次张口结舌、无言以对的时候，肯定会哈哈大笑，也一定有许多人为剧中的讽刺所震动。其实不仅是那位父亲，包括女人在内，世上还是有很多的“鸵鸟”……（不过，照片中的小鸵鸟，却似乎瞪大眼睛面对困难。）

速度

鸵鸟跑得很快，时速竟然达到九十公里。哺乳类动物中速度最快的猎豹，时速是一百一十二公里。所以说，鸵鸟的速度相当快，而且一步的距离竟然能达到四点五米。

鸵鸟的羽毛

大约十五年前，筱山纪信先生为我拍过裸体写真。我在国立剧院出演半裸的法国戏剧，筱山先生看了以后，说："一定要拍一次。"但我并不是专业进行裸体演出的，而且像我这种体形的女演员，做出一反常态的打扮也很罕见。在几张照片中，效果最完美的一张是这样的：我用白色的鸵鸟毛扇子遮住胸部，旁边的大哥说了声"好"，就把许许多多紫色、橙色的鸵鸟毛抛起来，羽毛在我周围飞舞。这时我跳了起来，一根羽毛恰好遮住我身体的某个部分，于是大功告成。照片极有艺术感，在翩翩飞舞的羽毛中跳起来的我几乎是全裸的，十分健康，又有些迷茫和忧伤，是一张相当棒的照片。

当时，筱山先生对我说："羽毛飞起来的时候就跳。"我问他："是你跳吗？"但相机的三角架支在那里，筱山先生怎么可能跳呢？筱山先生后来告诉我，他觉得我"真是个怪人"。可我已经不记得了，毕竟那是很久以前的事了。

马骡

你知道吗，你的妈妈是马，爸爸是驴。如果颠倒过来，妈妈是驴，爸爸是马，你就不再是马骡，而成了“驴骡”，这是另外一种动物。

比起你来，驴骡的体力要差很多，不适合做重活，不像你这么受欢迎。说起来，这是妈妈给你的礼物。你身体结实，不嫌弃食物粗糙，即便上坡也不会气喘吁吁。你温和谦逊，这一点像你爸爸，即便站在山岭之上，也会静静垂下头。你不会纵目广阔的世界，也不会越雷池一步，人们大概会说这样的你“很有用”吧？

可怜的马骡，你是所有马骡中最优秀的一个。命运之神眷顾着你，为你送来一个同样的伙伴。你们互相爱慕，互相安慰，真心地相信你们优秀美好的东西会合成一体，孕育出一个新生命，降临到这个世界上。可怜的马骡啊，无论你们怎样祈祷，继承你们的美丽和才能的孩子却永远不会出现，

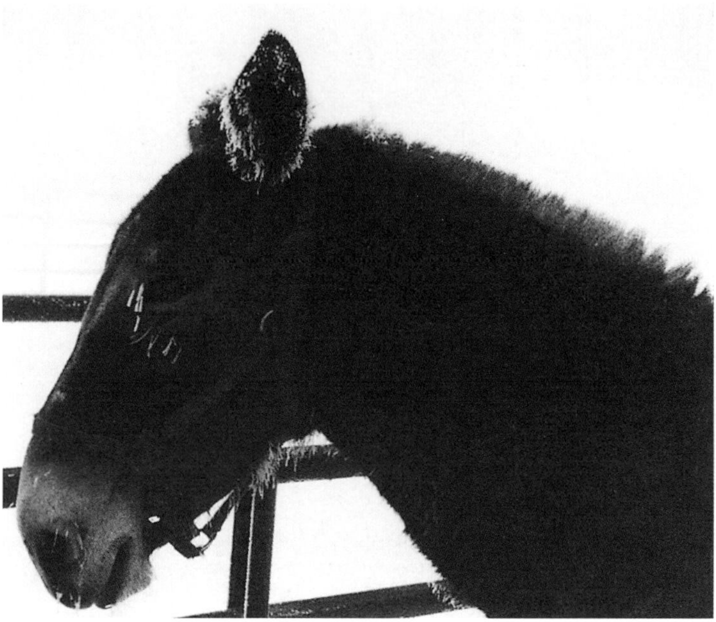

在美国科罗拉多大峡谷的暴风雪中，马骡的睫毛、鼻头、下巴上都结着冰，但它还是温顺地一动不动。

马骡注定只有一代。

但你们不要叹息，并非只有你们才有这样的命运。虎和狮子之间生下的“虎狮”，狮子和豹的结晶“狮豹”，大家都像你们一样，只有一代。据说，萝卜和卷心菜也可以生长出杂交后代。不过，我并不想拿这些话来安慰你，我知道，你比任何人都明白。

这样吧，我给你讲个笑话。全世界都在为你们歌唱，听啊，

“Lover，come back to me！”（爱人回到我身边！）连巴赫都为你们谱写曲子——《爱的协奏曲》。[①]啊，好了，你笑了，露出了漂亮的牙齿。

①日语中，Lover（爱人）与马骡的发音相同。

红毛猩猩

在纽约时，有一次我在宴会上说："红毛猩猩的妈妈那么坚强，真是太了不起了。"这时旁边一位美国男士说："不好意思，请问您说的是什么动物？"我说："红毛猩猩。"他又问："哦……那动物是什么样子？"我回答说："那是一种大猴子，毛长长的，像破布一样披散下来。"于是，男士高兴地说："哦，那是 Orangutan 吧？"原来用英语是这样发音的，听起来就像电车飞驰的声音。这样的话，被称为"森林之人"①的那种睿智雄壮，又颇为悲凉的气氛，不就没有了吗？英语字典上确实写着"Orangutan"，里面有个"g"，但我还是认为发成"Oranutan"的音比较好。

顺便说一个英语故事吧。有一次我在车上听英语新闻，播音员大叫："大猩猩占领了某国大使馆！"我心想：唉，《人猿星球》的故事终于要成为现实了。大猩猩也许要开始什么

①红毛猩猩（Orangutan）一词来源于马来语"森林之人"（Orang nutan）。

① 吃个香蕉怎么样?

② 嗯，不管吃多少，香蕉都这么可口（下面可以看到橘子皮）。

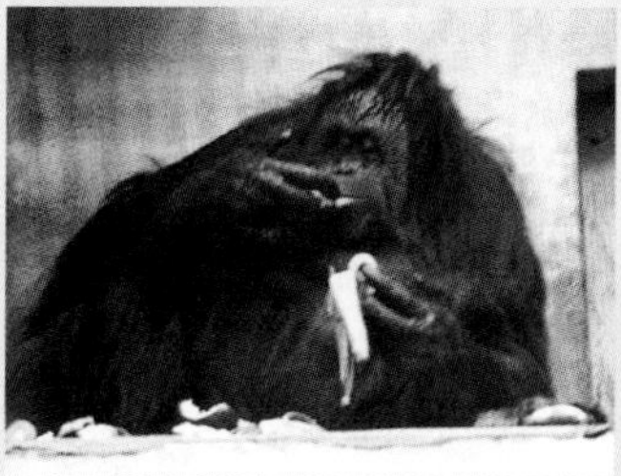

③ 吃过后，香蕉就没有了。

④ 只剩下香蕉皮，真寂寞啊。

照片是隔着玻璃拍的，而且距离非常远，效果并不好，但我非常喜欢。

行动了吧？可是，等我接着听下去，就明白了原来是美国人读“游击队”(Guerrilla)这个词时发音很像“大猩猩”(Gorilla)。那么真正的大猩猩又该怎么发音呢？结果连重音也和“游击队”一样，反正我无论如何区别不开。大概美国人能够区分吧。不然，那就成了在巴勒斯坦、以色列、过去的越南和古巴一直有大猩猩出没，大家应该很惊讶才对，而事实上人们并不吃惊。

另外，曾经有一次，我从心里把一只小红毛猩猩当作亲生孩子一样疼爱。那次我主持一档儿童电视节目，来了一只红毛猩猩宝宝。它刚会摇摇晃晃地走路，动物园的饲养员把它带来做我们节目的嘉宾。红毛猩猩长大以后，就会变得像照片中那样，有破破烂烂的褐色长毛，但它们小时候却是浅灰色的，头小小的、圆圆的，头发软软的，眼睛又圆又美丽。

那个宝宝来到工作室后，也不知怎么回事，一看到我就飞一般地扑过来，大眼睛直直地盯着我，我不由自主地紧紧抱住了它。但那孩子的动作比我还快，它用小手小脚牢牢地抓住我。请您不要吃惊，一直到正式拍摄，整整四个小时，它的手和脚竟然一次也没离开过我的身体。我手里拿着话筒，不能抱它，那孩子就用全身的力气紧紧地贴在我身上。当正式拍摄结束，它离开我的时候，发出的悲泣声直到现在仍然在我耳边回响。莫非，它把我当成了它的妈妈？

八哥

一

新宿的伊势丹商场的动物卖场中有八哥。注意，是伊势丹商场。一天,有只八哥大声叫了起来:“欢迎光临三越商场!”肯定是哪个坏心眼的人教给它的吧。那个人恐怕还每天过来教它。据说伊势丹商场很为难，和三越商场的人商量能否把八哥拿过去，可是三越商场没有地方放八哥，就拒绝了。结果这只八哥一边叫着“欢迎光临三越商场”，一边被送到别的地方去了。据说这是件真事。

二

我在周末或休假时，会回镰仓的老家。最开心的事，就是和妹妹的两个女儿——我的外甥女一起出去散步。有一年

玻璃柜中有许多鸟。不知为什么，八哥看上去很孤独。

春天，我和两个外甥女一起在商店街上散步，她们一个上小学四年级，一个上小学一年级。我们在一家咖啡店门口发现了一个八哥笼子，我们对八哥说了句：“你好。”八哥立刻大声说：“受够了！”我们哈哈大笑。这时，咖啡店的人走了出来，告诉我们，原来八哥说的是“秋天到”[1]。

多么美好啊！一定是某个过路的人教给八哥这句话，让八哥变成了诗人。我们怀着喜悦的心情回家了。

第二年的新年，我们三个出去散步，偶然间又来到了那间咖啡店前。我们同时开口：那只八哥还在吗？于是匆忙进店里去看。哇，在入口附近的鸟笼里，那只八哥不是好端端的嘛。我们蹲下来，齐声对它说：“秋天到！”八哥稍微歪了歪脑袋，突然用尖锐轻蔑的口气叫了起来：“蠢货，笨蛋！”我们大吃一惊。小外甥女的眼泪一下子涌了出来，说：“怎么不说秋天到了呢？”

这时，店里的人走了出来，很遗憾地对我们说：“天气暖和的时候，我们把它放到外面，不知道被谁教了这句话。”在一连串的“蠢货，笨蛋”中，我们伤心地走了出去。“八哥不知道什么是好话，什么是坏话，人们怎么教，它就怎么说……”可是外甥女们还是低着头，带着快哭出来的表情回去了。

---

①日语中“受够了”和“秋天到”的发音一样。

犀牛

犀牛之恋

那是令人心旷神怡的初夏。小鸟唱着新歌，从我的头顶飞过。爽朗的风自由自在地吹拂。小草、树木，还有花朵都感觉到了初夏的气息。玫瑰色的云朵缓缓地在碧空中旅行。

我心中有一股预感：“这样的日子，是否该发生点与众不同的故事？”送到我嘴边的干草，那滋味令人回味。我像小时候那样，用角挑起干草。

这时，我看到一个美丽的少女，她戴着麦秸秆帽子，穿着轻盈的短裙。少女向我走来，吹着口哨，虽然哨声有点走调，但依然打动了我。少女的眼睛很大，我觉得很可爱。短裙下露出的腿是那么纤细修长。少女停在了栏杆外面，她那天真烂漫的大眼睛静静地凝视着我。可怜的我是那么激动，摇摇晃晃走向铁栏杆。少女温柔地伸出手，穿过栏杆，碰了碰我的肚皮。和饲养员那粗糙的手不同，她的手小巧而柔软。我

虽然犀牛的皮又硬又厚，但如果抚摸犀牛，它真的会很高兴。

陶醉了，更加贴紧了栏杆，不知谁在我心中吹起了喇叭：“再近一些！”下一个瞬间，碍事的栏杆不见了，阻挡在我们两个之间的东西消失了。我开口了，用最温柔的声音对她说：“初次见面，请问芳名？”没有回音。铁栏杆下面压着柔软的小手，那小手已经变冷，沾满了血迹。

玫瑰色的云朵缓缓地在碧空中旅行。

猫鼬

窗边的小猫鼬

现在，猫鼬正在窗边东张西望，怎么回事呢？原来刚才来玩的朋友们全不见了。本来，这个房子是动物园的人为大家准备的，但猫鼬却坚持认为："这是我的。"所以，当别的动物要进来的时候，它就会从里边又抓又挠，喳喳大叫，于是大家渐渐地都不来了。不过，来动物园的游客们看到猫鼬，都会说"真可爱"或"好喜欢"。猫鼬的小房子在它们家族聚居地的最高处，几乎和人的眼睛一般高，人们一眼就能看到这个房子，还有总是待在窗边的猫鼬。于是，人们就会觉得"真可爱"。

猫鼬家族是从非洲南部的干旱地区来的。它虽然属于灵猫科，但和猫不怎么像。它的毛色实在奇妙，褐色的毛浓淡混杂，还有白色条纹，但又不像三花猫，白条纹像荷叶边那样镶在黑乎乎的长毛尖上。所以离远一点看的话，与其说长

你好，我是猫鼬，请多关照。哎？我很可笑？为什么？嗯？“总觉得……”总觉得我很可笑，这可让我为难了。

着条纹，还不如说它更像一个大松球。它的耳朵一点也不向外突，简直像是随身听的小耳机。猫鼬的眼睛非常大，还像大熊猫那样长着黑眼圈，于是眼睛看起来就更大了。它的鼻子很像狸或貉的，整个脸蛋都有趣极了。猫鼬的身体像小猫那么大，总是晃来晃去地动个不停。

猫鼬在窗边寻找朋友，但下面的游戏场和饮水处却一个身影也看不到。于是猫鼬决定出去看看。这时，游戏场的一边开始热闹起来。伙伴们在大树下挖洞，轮换着进入洞中，然后又出来，玩起了串门游戏。大家和和气气地轮流玩着。

猫鼬发现了伙伴们，跑到它们身边说：“哎，不要玩串门游戏了，我们换个花样吧。”大家都盯着猫鼬，猫鼬觉得自己可能说错了话，急忙又说：“大家也可以到我的房子里玩。”这时，猫鼬已经认识到一个人住太寂寞了，还是大家在一起才快乐。过了一会儿，大家的欢笑声和吵闹声就从房子里飞出来。隔壁的刺猬被笑声惊醒了，它唰唰地抖着后背，那声音仿佛音乐一般。

野牛

一月末的一天早上，我在赤坂的家中拉开窗帘一看，外面下着大雪。也就是说，当我睁开眼睛时，外面已是一片白雪的世界了。我立刻拿上相机，走进了白雪的世界中。不过我没时间观赏风景，因为我是专门拍动物的摄影师。理所当然地，我一边自言自语“必须拍一拍雪中的动物”，一边匆匆忙忙地出发去上野动物园。途中我经过神社旁，这时隐隐有种预感：也许这里能拍到动物……于是，我让车子停下，穿过神社的鸟居，来到了庭院中。

也许是天公作美，那里有许多白鸽子，有的在地面上啄食，有的并排停在积雪的屋顶上。在纷飞的雪花中，我不停地拍摄，直到手冻僵，没法再按快门为止。那么，照片的效果又如何呢？说来令人哭笑不得。白鸽子在白雪地上啄食，结果只有一片白茫茫。停在屋顶上的鸽子，因为脑袋是圆的，看上去就像是屋顶上的小雪团。总之，拍出来的是一片白。

需要说一下，野牛的腿是四条。

于是，这些“雪上白鸽”的照片，永远不可能发表在《故事特集》中了。但我会珍藏它们，因为这是有多重意义的纪念品。

再说，我满怀期待地到了动物园。本来，我以为动物们会欢天喜地地在雪中玩耍，可它们却没有我想象得那么高兴，大家都在家里呼呼大睡。刚出生不久的小河马，也在水中靠在妈妈背上睡着了。它好像还在喃喃地说着梦话，不时有小水泡噗噗地从它口中吐出，浮到水面上。

结果，在雪地上给我当模特的只有这位美洲野牛了。它当模特时，心情究竟怎样呢？由于它的脸长成这样，我也不太容易揣摩它的心思。但我想，也许是这样的吧：

“我们留在石器时代壁画中的祖先，站立的样子也是这样吗？哦，这样也不错。雪？在北美洲，我的同类从前也曾经生活在雪中。毕竟在美洲，我们一度有六千万头之多。六千万头！都是我的同伴。可是，美洲人把它们都吃掉了，最后只剩下几头。不过，我并不想诉苦。听说最近关于我们的电影大受欢迎，真的吗？据说那电影叫《野牛一族的阴谋》。真让人高兴！我还以为我们快灭绝了呢。喂，你拍好了吗？我要吃午饭了，再见。谢谢你帮我拍照。”

白雪和野牛，这美妙的对比，使我仿佛听到了音乐声。

（注：那部电影的名字，其实叫作《柳生一族的阴谋》。[①]）

---

①日语中，“野牛”与“柳生”的读法相似。

狗

玛丽·罗兰珊

我刚成为演员的时候，在 NHK 附近的一家画廊发现了一幅罗兰珊的石版画，画中一名女子骑着马。女子穿着黑色骑装，黑色帽子上缀着长长的缎带，手中挥动着马鞭。这位美女大概是要去什么地方吧，马仰首望天，尽情奔驰着。通过分期付款，我买下了那幅画，一天到晚盯着看。不过有一天，我觉得马脸怎么看都像狗脸，连马的身体也有点像狗了。二十年过去了，直到最近我才明白其中的缘故。

这是泽田美喜女士告诉我的。泽田女士是伊丽莎白·桑德斯养育院[①]的创办者，年轻时曾经在巴黎跟随罗兰珊学画画，很得她的喜爱。泽田女士说："罗兰珊养了一只老狗，她画马的时候也好，画狐狸的时候也好，总是一边看着这只狗

---

①日本一家专门收留第二次世界大战结束后遭遗弃的混血儿的福利机构，建于 1953 年。

“今天要拍照，我早晨就洗过澡了。”刚出生三个月的圣伯纳犬说。

一边画。”这个举动倒是很有罗兰珊的风格。的确，陪伴罗兰珊笔下那纤细而忧伤的少女们，还是像狗一样的马比较合适。

阿达莫

阿达莫小时候养了一只牧羊犬、贵宾犬和大麦町犬三种犬的混血狗。这只狗每天都在阿达莫放学的时候去迎接他。但有一天，狗没有来，阿达莫等啊等，狗却始终没有出现。在一个暴风雨的日子，那只狗回到了他身边，但已经濒临死亡，很快就死去了。阿达莫的爸爸并不知道狗回来后又死去的事，他想安慰悲伤的儿子，于是有一天，他带来了一只一模一样的狗，说：“你的狗回来了。你看，真的，就是这只，高兴吧？真是谢天谢地。”这并不是阿达莫的狗，可是体谅父亲的用心，他抱住了那只陌生的狗，那只和他死去的狗一模一样的狗。看儿子这副模样，爸爸高兴地说："这就是你的狗，确实就是这只。你高兴吧？真是谢天谢地。"

阿达莫把这个故事写成了美好的歌曲《狗》。

玛丽亚·卡拉斯

玛丽亚·卡拉斯被称为二十世纪的歌剧王后，去世时年仅五十四岁。她生前，亲近的人这样描述她的晚年生活：

"年轻时，她将一度达到一百二十公斤的体重减掉一半，这个举动给她带来了许多困扰，她的情绪总是难以稳定。她亲爱的奥纳西斯也死了，一个朋友也没有。在她的全盛时期，即使已经登上舞台，但如果观众让她不高兴，她就会拂袖而去，一首歌也不唱。她如此骄傲，如此任性，却美丽惊人，比谁都受欢迎。但在人生的最后时刻，她在巴黎最高级的公寓里，被数不清的宝石和黄金包围，却一整天一言不发，孤零零地一个人抚摸着狗的后背。"

这是三笠宫宽仁亲王的爱犬，名叫"小丑"。

迷你
熊猫兔

迷你熊猫兔所想到的

我心里有一个想法。我的哥哥姐姐们，黑色的，白色的，褐色的，它们都叫作“迷你兔”。我们住在动物园里，我和它们是同胞兄妹，可是我却叫作“迷你熊猫兔”。当人类的小孩子跑过来时，他们一定会看着我，大叫着“熊猫”，抱起我蹭蹭脸，却对哥哥它们不理不睬。我以前听说过大熊猫，可是，我怎么会是熊猫呢？我曾祖父的兄弟姐妹都是黑色、白色、褐色的迷你兔。它们来的时候只有六只，三年间就成了有三百只的大家族。黑色的曾祖父和白色的曾祖母结婚后生下几个孩子。其中有一个女孩，全身雪白，眼圈乌黑。就在同一时期，曾祖父兄弟的家里诞生了一个男孩，全身雪白，四脚乌黑。动物园的人们决定，让这一对男孩女孩相亲、结婚。它们的婚姻很幸福，动物园的人认真观察它们的孩子。生出来了！是一只白兔，却眼圈乌黑，四脚乌黑！动物园的人说：

“再加一把劲！”那只白兔的亲戚中，有一个全身乌黑的孩子，耳朵直直地竖起。动物园的人们真热心，又促成了这桩婚事。

于是，朋友们，我诞生了。说句实在话，我并不知道自己长得怎样，不过大家都叫我“熊猫”。不是还有一种叫“熊猫猪”的动物吗？我的主人黑柳给我看了熊猫布娃娃，告诉我这是熊猫。可我是兔子啊，吃的是兔粮，怎么会是熊猫？我真的是兔子，和哥哥们一样……

这是我向东武动物园咨询的熊猫兔诞生的过程。

我是迷你熊猫兔，正在吃兔粮呢。

这是什么？

能爆个大冷门当然好，马耳朵真长啊。

阿嚏！（和椅子腿一对比，就可以看出它有多么小了）

狮子

我参加了世界头号魔术师基奥的魔术表演，变成了狮子

一只大大的空笼子从马戏团的正中央推出来，美女进入笼子，从里面锁上。基奥发出信号，一瞬间，黑幕布将笼子遮住。同时，基奥大喊一声：“哈！”（俄语也是同样的发音。）幕布拉开了，美女却消失不见，只剩一头吓人的大狮子在笼中低吼——这是基奥最得意的拿手好戏之一。

六年前，朝日电视台要录制岁末的特别节目《基奥的魔术巨作》，于是我去了苏联，采访基奥和基奥马戏团的人们，观看了他的魔术。在苏联各地，都有为基奥的魔术特别设置的剧院。我们从莫斯科乘坐一小时飞机，到了被称为“空气圣地”的基斯洛沃茨克，决定在当地的剧院拍摄。莫斯科电视台的技术团队给了我们全力支持。

见到基奥之后，他看着我说：

“希望你能参加我最受欢迎的一个节目，嗯，比如消失在

我才生下来不久，我要交朋友。（摄于东武动物园）

火焰中的美女、美女变狮子、从折叠屏风中出现的美女……”

“啊？”

不过仔细想想，这可是能知道世界顶级魔术窍门的绝好机会。于是我开始练习。我惊讶地发现，万万没想到自己居然很擅长此道，连基奥都感到吃惊。

终于到了要在两千名观众面前表演的日子了。因为难得有日本人参加演出，我穿上了长袖和服，腰带打成了“太鼓结”，头上插了梳子。说到俄罗斯女人有多么高大，我穿了这么多衣服，还是比表演的女子体格小很多，而人家只穿了若有若无的薄薄的衣服。关于魔术的秘密，由于我和基奥有约定，所以不能写得太详细，大致是这样的：

笼子推出来了。我进入笼中，从里面反锁。幕布遮住了笼子。我匆忙地拉动 ××，从 ×× 滑进 ××。那一瞬间，辅助的人把 ×× 用力甩到 ××，我就这样到了 ××，然后回到原来的 ××，站在马戏团中央热烈鼓掌。

正式表演时，我从 ×× 滑向 ×× 的时候，和服袖子挂在了什么地方。一片漆黑中，我以为是狮子在咬袖子，如果它一气咬过来，我就会被拖到狮子嘴里了！想到狮子咬衣袖的画面，实在太可怕了。那种恐怖真是前所未有。在狭窄的空间里，我拼命拉扯着和服的袖子。啊，太好了，我平安无事地到达了 ××。

演出结束后，我说：“狮子咬住了我的袖子。”马戏团的人听了笑得打滚。说起来，袖子倒也没有破。总之，拍摄顺利结束了。当节目播放时，我看到自己非常迅速地变成了一只狮子。那只狮子脸方方的，两眼之间很开阔，倒真像是我变的。

骆驼

我第一次知道骆驼这种动物，是去教堂的主日学校，在一个圣诞节演出戏剧《基督诞生》时的事。那时我大概只有五岁，长得挺可爱，于是被选出来扮演基督。一位大姐姐扮演圣母马利亚，她在马厩里抱着基督。有三位贤者从东方国家过来，为他们送来了礼物。我们演的就是这幅经常出现在圣像画中的场景。

可是我一刻也安静不下来。马厩里，很多戴着羊面具的孩子蹲在我的周围。我一会儿推推他们，一会儿挠挠他们。大家说："基督要是这个样子，可就难办了。"于是我立刻被换了下来。不过，我终归知道了这个故事，因为牧师给我看了教堂的书或卡片，这三位贤者骑着一种叫作"骆驼"的动物来到这里。我有"骆驼是种有趣的动物，有一天我也要骑骑看"的想法，就是从这时候开始的。

一转眼很多年过去了。今年夏天，我第一次去了埃及开罗，在金字塔旁骑了骆驼。八月间开罗的炎热，真是无法用语言来形容。沙漠中一点阴凉也没有，沙子和泥土不同，极为干燥，没有丝毫水分，仿佛是热煎锅上的咖喱粉。而且头顶就是大太阳，上下都是火辣辣的热气，据说温度超过了五十摄氏度。

在这片炽热之中，骆驼却没有流一点汗水。它眼神温和，睫毛长长的，趴在沙子上，只有头顶上有帐篷遮挡。下面说说我向往已久的骑骆驼的体验。当骆驼趴下时，变得像米柜一样小，它站起来时，后腿先支起，坐在骆驼背上的我立刻向前跌去，那感觉仿佛要得脑溢血。接下来，它的前腿也支起来，那倾斜度仿佛是协和式飞机起飞似的。我还想着“总算好了”，却不知为什么再次向前跌去。不过等骆驼完全站起来后，我就仿佛坐上了凯迪拉克（虽然没坐过）。散步结束后，骆驼又重新变成了米柜，我又经历了三次向前跌的过程。我对骆驼说：“我和贤者一样，也是从东方国家来的。”不过骆驼好像没听明白，而且最重要的是，如果骆驼会思考，它的思维方式也应该是伊斯兰教的。

小骆驼（出生后40天）背上驼峰的毛还软软的。人也是这样。为什么长大以后，就会变得硬邦邦、破破烂烂的呢？（摄于滨松市立动物园）

大象

现在东山动物园有很多动物。最近西伯利亚虎还生下了宝宝，孔雀展开了华丽的尾羽，大猩猩逗得游客笑个不停，动物园里充满了孩子们的欢声笑语。

不过在三十九年前，战争刚刚结束时，这所号称日本第一的动物园里，竟然只有一只袋鼠和一只黑猩猩。另外，还有当时的园长拼了性命藏起来的两头大象，仅此而已。

战争中，由于军队的命令和劝告，以上野动物园为首的所有动物园为了避免在空袭中破坏笼子造成危险，以及缺少食物和饲养员上战场造成人手短缺等原因，将所有大型动物一只接一只地毒死、枪杀，或者有计划地将它们饿死。动物园的人们不得不含着眼泪和那些动物告别。

有的大象摇摇晃晃地站起来，给人们表演节目，乞求食物。还有一只黑熊，见到园长先生，高兴地站起来张开双臂，可拿枪的人朝着它胸口的月牙扣动了扳机。被征入伍的饲养

和平真好！

员把自己照料的动物的照片放在胸口，上了战场。小型动物则成为饵料或者饿死，全都消失了。

所以，当战争结束时，所有动物园里都没有动物了。

可是，这所作为军队粮仓被征用的东山动物园中，有一栋僻静的建筑里却藏着两头大象。要成功藏匿大象，并且为它们寻找食物，其间的艰难辛苦超出我们的想象。但园长北王先生却下了决心："大象非常聪明，而且不是猛兽，我一定要尽最大努力。"促使北王先生下这个决心的原因之一，是他难以忘记大象第一天来到动物园的情景。

一开始总共有四头大象。它们本来是名古屋的木下马戏团的成员。动物园和马戏团团长约定，将四头大象一起买下。

在平安夜的傍晚，大象们排成一列，后面的象鼻子搭着前面的象尾巴，每头大象旁边跟着两个马戏团的女孩子。他们步行了七公里，一直走到动物园。女孩们伤心极了，边走边哭。天下起雪来，她们脱下自己小小的外套盖在大象头上。来到动物园后，女孩们让大象进行了告别表演，临别时眼睛哭得肿肿的。四头大象感情非常和睦，它们虽然不是亲兄弟，却总待在一起。

可是由于寒冷和饥饿，在战争结束的半年前，其中两头大象相继死去了。战争结束后，为了看望日本仅存的两头大象，全日本的孩子们坐着火车来到了动物园。在孩子们面前，大象又表演起了许久没有展示过的节目。

又快到终战纪念日了，但愿孩子们的笑声能持续到永远。

3

这是《小豆豆动物剧场》的第三集。第三集和前面的第一、第二集稍微有些不同。前面两集已经由《故事特集》作为单行本出版了，而第三集只在《故事特集》上每个月连载，之后就没有动静了。这一次，人家对我说："是否把这一集的内容加进去，做成文库本？"于是我选择了以下这些故事。所以，第三集中的动物们还没有成为单行本的经验，就和前辈们一起登台亮相了。

有一张照片是我为文库本特别拍摄的，那就是刺猬。在《故事特集》的连载中，不知为什么，我在刺猬那篇文章里放了一张豪猪的照片，好像因为动物园中没有刺猬。这一回，我正感到为难，心想"怎么办"，没想到运气实在太好，经常和我一起做猜谜节目《世界的奇妙发现》的吉村作治先生对我说："下次我去埃及时，给你带一只回来吧，沙漠里有的是刺猬。"吉村先生是早稻田大学教授，是研究埃及金字塔的权威，现在享有世界级的声誉。他是一位非常有趣的人。于是在七月一个炎热的日子，事务所的女经纪人给我打来了电话，她的声音有点打颤："吉村先生的刺猬已经送到了，现在正在抓地毯！"我赶紧抓起相机，奔了出去。

好，开幕的铃声响啦……

绵羊

今年是羊年。我趁着工作的间隙，在拥挤的人群中拍摄动物的照片，每个月都挺辛苦。而绵羊更是不肯安静下来，总是从地上捡东西吃。特别是有纸片之类掉到地上的时候，绵羊就会开始大口咀嚼，要拍一张像照片中这样态度从容大方、适合新年气氛的，还真不容易。我汗流浃背，连自己都觉得是在“抓拍”。

说来我生平第一次上台表演，扮演的角色竟然是绵羊。那时我还在上幼儿园，做梦也不会想到将来会从事现在的职业。在主日学校过圣诞节的时候，我扮演小绵羊，守护着出生在马厩里的基督。其实当时我长得挺可爱，一开始是让我扮演基督的，一位年长的信徒扮演抱着我的圣母马利亚。当三位贤者和人们走来看我、对我鞠躬时，我觉得很有趣，一个劲地做鬼脸。这样会破坏基督的形象，所以在排练的第一天，我就改为扮演小绵羊了。扮演小绵羊只需要把屁股对着观众席，蹲在那里就行，即便做鬼脸也没关系。给我安排这个配角的牧师真高明，直到现在想起来，我还很佩服他。

另外，在圣埃克苏佩里的《小王子》一书里，最美丽的场景——小王子和飞行员相遇的那一幕中出现了绵羊。飞行员圣埃克苏佩里孤身一人，临时降落在撒哈拉沙漠中，心里非常不安。黎明时分，出现了一位不知从哪里来的小王子。小王子来到他身边，突然说："给我画一只绵羊吧，要小小的……"飞行员很吃惊，但还是努力帮他画。这部献给拥有童心的成年人的《小王子》就这样开始了。而在飞行员和小王子分离的悲伤时刻，又出现了绵羊。真正的圣埃克苏佩里在第二次世界大战中是法国的飞行中队队长，他在一次侦察中失踪了。这种消失方式的确是他的风格。我想他现在一定在某个星球上，和小王子趴在一起画绵羊吧。真令人羡慕。

在京都的上贺茂神社，等待新年第一次日出的绵羊。

兔子

聪明的兔子

请到积雪的山上或广阔的田野里看看，你会发现兔子星星点点的小脚印。可是，那脚印会突然消失在道路的正中间，无论你怎样东张西望，四处寻找，也无法再找到。当然，也没有兔子钻到地下的痕迹。你只能认为它飞到天上去了，把脚印留在了身后。这时，即便请名侦探金田一耕助来，也很难把它抓住。

下面，我们来解开这个谜底吧。原来，野兔冬天出来寻找食物，如果直接回家，马上就会被人或者可怕的动物抓住。野兔明白这一点，所以即便到了自己家附近，也会故意不进去，而是一直往前走很远，仔细观察周围，然后倒退着向后蹦，不偏不倚恰好踩在来时的脚印上，（太棒了！）就这样退到家旁边。看到自己的家，野兔就一跃而起，嘭地跳进去。大自然真是给了弱小动物了不起的本领。

它虽然名叫"优雅",却毫不客气地大嚼插花。

兔子和东倒西歪大吃点心的可爱外甥女。这是真兔子,不是布娃娃哦。

愚蠢的人

一个积雪的夜晚，有一个笨女人决定实施以前的计划。为什么说她笨呢？因为她决定要像兔子那样，走到一个地方，然后像突然消失似的后退着回去。她双脚并在一起，嘭嘭地向前蹦，到了一个地方停下，试图踩着刚才的脚印退回去。可是无论她怎么仔细观察身后的脚印，总是无法朝后蹦到原来的位置，结果脚印踩得乱七八糟，仿佛途中突然出现了另一个人。女人终于明白了，自己无论如何也没法模仿兔子。

对，这个女人就是我。

一句话 狮豹是狮子和豹的混血儿，不过兔子却不是鸬鹚和鹭鸶的混血儿。①

①日语中兔子的发音为“Usagi”，而鸬鹚和鹭鸶的发音为“U”和“Sagi”。

鹿

马鹿

人们把不聪明的人称为“马鹿”（傻瓜）。很多人说它的语源是梵文。在古代小说中，这两个字写作“莫迦”，不过我们写的汉字则是“马鹿”。这里面有一个有趣的故事，像安徒生的《皇帝的新装》，所以我很喜欢。

这是一个中国的故事。那位大名鼎鼎的秦始皇去世以后，宰相赵高是个坏蛋，二世皇帝不怎么聪明。（那时还没有“马鹿”这个词,我们暂且使用前面的说法。）赵高利用这个机会，随心所欲地行使权力，妄图取代皇帝。

有一次，赵高想试验一下自己的权势究竟有多大，于是给皇帝看一头鹿，说：“这是马。”大臣们害怕赵高的权力，全都阿谀逢迎，连忙齐声说：“确实是马。”

皇帝倒还能区分出马和鹿来，说：“这不是鹿吗？”

可是，坏蛋宰相露出可怕的表情，对人们说：“开什么玩笑！这是马！”

于是，鹿就成了马。从那以后，无法区分马和鹿的皇帝就成了“马鹿”(傻瓜)。但由于赵高做了许多坏事，后来秦朝就灭亡了。所以说，这个宰相其实也是个傻瓜。

在安徒生的《皇帝的新装》中，皇帝和大臣们害怕自己被看作傻瓜，就假装看到了那并不存在的衣服，还赞叹“太美了”，结果皇帝光着身子走来走去。

只有纯真的小孩子大笑起来，叫道：“看啊，皇帝没有穿衣服！”

真可悲啊。即便是今天，在日本的某个地方，某些佩戴徽章的人指着乌鸦说：“那是鹭鸶吧？”也会有很多人齐声说：“确实是鹭鸶。”就这样，五亿日元便不知哪里去了。[①]

“真是个马鹿（傻瓜）！”

当我这么写的时候，会有一种动物“哎？”地表示惊讶，那就是马鹿。真的存在马鹿这种动物。它是一种大型的鹿，生活在欧洲和北非。当它们在明治四十四年（1911）来到上野动物园时，便被称为“马鹿”了。

一句俏皮话

古人曾咏道：

①这段文字写于洛克希德案件审判之际，暗讽日本政治丑闻。

苦雨催花落，倏忽浮生梦。

后来，有人巧妙地模仿这句诗，写道：

飞雪覆马鹿，大梦犹未觉。

在一片新绿之中，怀孕的美丽的鹿新娘。（摄于广岛县宫岛岩庄）

兔豚鼠

兔豚鼠是神的拙作，还是杰作?

看到这种动物，我就会陷入对“个性”这个问题的思考之中。迄今为止，我在《小豆豆动物剧场》中介绍的动物还没有这么缺少个性的，就像我在照片的说明中写的那样。但如果仔细观察兔豚鼠身体的每个部分，就会发现极少有动物能够集中这么多有个性的“部位”。比如说，右页上端照片中，左边那只兔豚鼠的耳朵和脸简直和驴一模一样；右边那只的眼睛就像美丽的鹿，前腿像有蹄子的小鹿斑比，皮毛则完全像便宜的貉皮。

兔豚鼠坐着的时候，后腿有点像小型袋鼠的腿。从侧面看，鼻头像狮子的鼻子。(请把右页下端那只的其他部分盖住，只留出鼻子看一看。）兔豚鼠吃东西时，嘴巴嚅动的样子像老鼠。整体看起来有些胆小拘谨，这一点像天竺鼠。它蹲着的样子，则像短耳朵的兔子。

如果说我们是老鼠，体形就太大了；说我们是鹿，又太小了；说我们是兔子，耳朵太短了；说我们是袋鼠，我们没有育儿袋。反正，我们没什么个性。

兔豚鼠集中了这么多有名的动物的部位，却显得“没有特点”，真是很奇怪。其实，如果把很强的个性都集中到一起，反而会失去个性，变得平凡。是这样吧？兔豚鼠绝对不是不可爱，但若要问：“可爱吗？”人们大概会说：“倒也说不上……”

以前有一次拍广告，计划让我一个人进行六重唱，就像史温格合唱团那样。大家辛辛苦苦地把从低音到超高音的各部都灌进磁带中，将我的六种声音重叠起来听。

您猜，结果怎么样？合唱完全没有个性，毫无特长，听起来也不像我的声音。这个结果让相关人士都大吃一惊。导演考虑了一番，将六重唱中的四重唱委托给和我正相反、几乎没什么个性的合唱团员，然后在他们的声音上加了两种我的声音。这下又会怎样呢？令人吃惊的是，突然诞生了一种极有个性的合唱。兔豚鼠又使我想起了这件忘记很久的事情。

对了，兔豚鼠其实有一个很大的特长，那就是“一夫多妻”。而在动物界还是“一夫一妻”居多。无论如何，个性也好，特长也好，都是很奇妙的事情。

一句话　啮齿目，豚鼠科，生活在巴西等草原的食草动物。

鸭子

命运不济的鸭子

一

当天鹅从湖面上起飞时，需要一条长长的跑道。天鹅爸爸、天鹅妈妈和天鹅宝宝排成一行，喊着“三、二、一”从水上起跑。如果有一只天鹅失败了，所有天鹅都会回到出发点，再重新起飞。但天鹅当然会尽量避免重新开始，所以都是一家人一起出发。这时，处在跑道上的鸭子会被踩到脑袋，被踢到，被挤得东倒西歪。等鸭子好不容易抬起头，天鹅已经展开巨大的翅膀，美丽的身躯优雅地滑过蓝天。鸭子正羡慕地望着天鹅的背影，这时第二队天鹅又从后面起跑，鸭子又被踢得一塌糊涂。最后空荡荡的湖面上只留下鸭子的身影。

二

安徒生对鸭子并不厚道。他写了童话《丑小鸭》，故事是讲小鸭子中有一只长得很丑，其实它是小天鹅。有一天，这只丑小鸭突然变成了天鹅，鸭子们则是“活该”。天鹅本来就招人喜爱，是美丽的鸟，但我认为这其实是一种强者思维。说到鸭子，就成了“声音难听”的代名词，而且形容屁股大、样子难看的女人，也说“像鸭子”。西方还有句俗话，说是“像鸭子一样愚蠢”。既然如此，被说成“活该”，本来就难看的鸭子又能做什么呢?

三

一家洗涤剂公司打算在宣传自家产品的广告中使用鸭子。他们说:“鸭子身上脂肪和油很多，所以能浮在水面上。但是如果使用本公司的洗涤剂，连鸭子也很难游泳。”于是他们将满满一卡车鸭子用大盆中的洗涤剂洗过，送到水池边拍照。被送进水池里，所有的鸭子都拼命挣扎，却在一瞬间消失在水中，连拍照都来不及——这种洗涤剂固然很好，却无法进行广告宣传。这是一件真事。

鸭子，鸭子，你们四个聚在一起，商量什么呢？（摄于六本木防卫厅的桧町公园水池中）

鹈鹕

独家报道！

粉鹈鹕夫妻出现裂痕？！

结婚第二十六年，丈夫有了情人！

这对粉鹈鹕夫妻来到上野动物园，是二十六年前的事了。它们夫妻恩爱，是其他鸟儿羡慕的对象。所以三年前，一只年长的雌性菲律宾鹈鹕从不忍池搬到这对夫妇家附近时，它们并没有出现什么特别的风波。可是最近，人们发现了一个令人惊讶的事实，根据周刊P杂志的报道，情况是这样的："从今年八月开始，粉鹈鹕先生与雌菲律宾鹈鹕之间，迅速产生了爱情的萌芽，情形之明显有目共睹。本来鹈鹕是一夫一妻制……但令人难以置信的是，八月底的某一天，丈夫离开了妻子，和情人共度了热情的一夜。这一事实已经得到了确认。从那以后，丈夫帮助情人筑巢，开始经营爱情生活。"

如果这一报道属实，将是非常罕见的鹈鹕三角恋。我们

左起依次为先生、情人、太太。
太太看起来心情不好，情人蹲着，先生却一副若无其事的样子。

正在孵蛋的公鹈鹕。
关于妻子和情人，他
在想些什么呢？

必须亲自去证实一下报道的真伪。所以，本刊记者在上野动物园采访了当事人。

丝丝细雨中，我们先采访了粉鹈鹕先生。鹈鹕先生蹲在地上，愉快地接受了采访："哦，消息已经传开了？我确实爱着她。虽然她的体形很小，毛是灰色的，还乱蓬蓬的，但她很可爱。现在，我已经和她生下了四个蛋，其中两个我自己在孵。"情人缩着身子，悄悄地躲在鹈鹕先生背后，给我们留下了很深的印象。

记者又走到五步以外的地方，采访粉鹈鹕太太。太太的体形有情人的两倍大，她露出很烦恼的表情说："不知为什么，我们夫妻二十六年来没有生下孩子。可是今年八月，我丈夫突然变得非常热情。说来难为情，我第一次产下蛋，一共三个。也许是受到刺激了吧，那边也产下了蛋，是和我丈夫的……我的蛋哪里去了？三个都被饲养员放到孵卵器里了。"

接下来，我们又采访了饲养员。回答是："很遗憾，粉鹈鹕的三个蛋和菲律宾鹈鹕的两个蛋，都是无精卵。哦？剩下的两个，我想希望也很渺茫。如果能孵出小鸟来，那大概是上野动物园战后第一次……"

人们一直相信鹈鹕和天鹅、鸽子、鹤一样，不会背叛爱情。可这次它们的爱情简直要颠覆这一学说。三只鹈鹕的关系现在面临重大危机。看来只好寄希望于剩下的两个蛋了——只有记者才有这种祈祷的心情吧。

欧洲盘羊

“哎？”你说，“那是什么声音？真可怕。”“的确。”我静静地回答，“那声音不是可怕，而是神秘。”

还记得吗？“新婚旅行，我想去科西嘉岛。”你这么说。所以就按你说的，我带着我的新娘——你来到了这里，拿破仑诞生地科西嘉岛。我们来到了葡萄、橄榄、橙子和巴旦杏的世界。

“山脚下的旅馆很好。”任性的你这样说，声音像歌声一样动听。可现在你听到了那个声音，那个贯穿了黑夜的可怕声音，你一脸惊慌地看着我。我美丽的新娘啊，你好好听一听，那个“咣——”的声音打破了夜的寂静。知道吗？那是因为爱与本能而产生的声音。欧洲盘羊，这种可称为羊的始祖的动物，公羊们用雄壮的大角在空中撞击，发出爱的争斗的声音。有时盘羊会被撞成脑震荡，那是非常激烈的冲突；有时角纠缠在一起，两头羊一起坠入谷底。即便如此，这些羊仍然在争斗，为了得到心爱的雌羊。对，就像你义无反顾、自然而然地跟随我那样，雌羊也会跟随战胜的强者。不过，请你想一想，在山岭的陡坡上（这是欧洲盘羊的家），公羊们互相撞击，该有多么危险。“我的命交给你了。”就是这样。你听到了它们的声音吧？好了，明白了这些，就睡吧。现在我想对你说，其实我也是这样得到你的。“我的命交给你了！”真好，你睡着了。可是不知为什么，我的眼里泛起了泪水。

在黄昏中守护着家族的欧洲盘羊首领。

骆驼

骆驼夫妻的对话（请边看照片边读，骆驼先生在照片中央，骆驼太太在它前面）

妻：（端端正正地坐着）您回来了？

夫：哦。（有点不高兴）

妻：累了吗？

夫：当然，开了一整天动物会议，筋疲力尽。

妻：今天说什么了？

夫：关于骆驼在沙暴中的团体旅行。

妻：那不是你最擅长的吗？你已经做了好几次领队，大家一次也没有迷路，都夸你呢。

夫：那倒是。不过别的动物不知道沙暴的可怕，觉得满不在乎。

妻：是啊。前几天河马太太跟我说："啊，你的睫毛有五厘米长，我也想要。"我跟她说："不，这可不是为了漂亮，是为了在沙暴中避免让沙子进入眼睛…… 就和用木板套窗挡雨一个道理。我有个亲戚的睫毛有十厘米长。”河马太太听了很吃惊呢。

夫：哦。今天有人问我在沙暴中怎么呼吸，我跟他说了，大家都很吃惊。

妻：哈哈……不呼吸啊。

夫：傻瓜，不呼吸不就死了吗？

妻：呃，要呼吸吗？

夫：要呼吸。不过和别的动物不同，我们能完全将鼻孔闭上，没有一点空隙，一粒沙子也进不来，然后再静静呼吸。

妻：哦哦，原来要呼吸啊。

夫：说什么呢，赶紧吃饭吧。嗯？孩子们怎么都是那副样子……

妻子东张西望。

夫：在那边！（指着中间的两头小骆驼）

妻：哦，今天太热了，孩子们一整天都钻在洞里乘凉。

夫：不要挖那么大的洞，前一阵子犀牛跌到洞里，直抱怨呢。

妻：过一会儿我把洞埋上。

夫：和孩子们蹲在一起，穿着毛大衣的那位是谁？

妻：那是新来的家庭教师，好像很不错。

夫：嗯？站在那边说话的，一共是几个？

妻：几个？不是两个吗？

夫：不，你看看他们的腿，乱七八糟那么多，一、二、三、四、五、六、七、八、九……啊，头有点晕……

妻：你累了，来，快吃饭吧。

大耳狐

高中生 → 算命先生 → 艺人 → 稻荷神 →“祝大家新年快乐！”

我生长在基督徒的家庭中，一生下来，父母和新教牧师就为我举行了洗礼。从幼儿园开始，我就去主日学校。少女时期还参加了唱诗班（虽然是个很不像样的唱诗班）。战争结束后，我从疏散地回来，又继续去教堂，不久就成了主日学校的风琴手，在赞美歌的歌声中生活。我上的女子中学是一所名叫香兰的教会学校。虽然同是基督教，但这所学校是英国式的，是圣公会派。

有一天，我去朋友家玩，回来的路上，一位在池上线长原站前摆桌子算命的先生叫住了我，他对我说：“请让我看看你的手。”我不安地伸出手，他看了我的手心，说道：“你结婚会很晚，你的名字将家喻户晓，请你信奉稻荷神。”

“稻荷神？”

耳朵简直像竹蜻蜓！

那人抬起了苍白瘦小的脸（可能由于伙食的关系，当时很多人脸色苍白），温和地说："就是祭祀狐狸的。"

"噗！"我忍不住笑了出来。

对于在基督徒中长大的人来说，稻荷神是个遥远的存在。于是，我把这件事和算命先生都忘了个一干二净。

可是，十五年前，前田武彦先生给稻荷神捐了两千日元的香火钱，结果获得了很大的回报。于是，渥美清先生、前田先生、永六辅先生、E. H. 艾利克先生、城悠辅先生和我，开始在除夕晚上去赤坂的丰川稻荷神社进行新年的初次参拜。这个习惯一直持续了好几年。大家知道，稻荷神是主管衣食住和娱乐生意的神，非常有名。这都是发生在我做《相约在梦中》这一节目时的事。

一开始，渥美先生对我说："二楼大厅里有很多人在等着诵经。你应该坐到正中间，大声说'祝大家新年快乐'，这是规矩。"我便依照他说的做了。其实渥美先生是骗我的。当我大声说"祝大家……"时，大厅里的人都看着我，有人一言不发，有人露出很害怕的样子，有人则哧哧地笑。不过，红色的鸟居、面朝我坐着的狐狸像、经文、香火钱都是那么新鲜，我还是很高兴。可能是我们的香火钱得到报偿了吧，大家都很健康，充满活力地工作着。

当时那位算命先生大概三十岁上下，看上去很善良，似乎过得很清苦。他的话应验了。不知道他是否还好。

一句话　大耳狐，英语中的意思是耳朵像蝙蝠的狐狸，属于犬科，生活在非洲东部和南部。

鹤 I

主持人上场

电视台美食节目“私家新年菜”的时间到了！下面我来为大家介绍下恩知真津子老师。

下恩知老师上场

大家好！今天介绍的新年菜是德川家第三代将军德川家光的年糕杂烩汤。这道菜的特点是做法非常简单，大家都能轻松学会。下面，我介绍一下做五百人份的年糕杂烩汤的材料。

鹤一只，尽量要刚捕获的鹤；芜菁叶五百片，要绿色的；酱油，大匙五百匙；盐，小匙五百匙；圆年糕，五百个。就这些。鹤象征长寿，是很吉利的东西，所以家光大人把鹤肉放进年糕汤里。即便没有鹤，也千万不要用狸子肉代替。

下面再说做法。先准备一口锅，要像洗澡桶那么大，放进满满的水。将鹤肉切成五百份放入锅中，一直煮到沸腾。然后把火减弱，放进酱油和盐调味。肉煮好后，放进切得长短合适的芜菁叶。

把事先烤好的年糕放入碗中，加上汤汁就可以了。盛汤时的要领是尽量盛进去鹤肉，这一点请注意。当肉不够时，有一个窍门，就是多放些芜菁叶。请您试一试吧。

主持人

接下来，邀请今天的客人——大久保彦左卫门先生品尝，请！

大久保彦左卫门

那道菜不好吃，丢了德川家的面子。当时，我对家光大人说“在下带来了鹤作为礼物”，把礼包递上去。家光大人很高兴，打开一看，里面却是芜菁叶。其实，这是我在开玩笑。当时用弓箭捕鹤，非常难捕到。而新年来参拜的大名和武士又那么多。所以，大家在汤里找啊找，却看不到什么鹤肉，净是些芜菁叶。（看了看碗里）啊，这里有很多鹤肉。

主持人

是啊，这是养殖的鹤。好了，本周的“私家新年菜”节目就到这里，本节目由味之素提供赞助。

蓝鹤夫妇，长着这种眼睛的鹤非常罕见。

黑猩猩

会打手语的黑猩猩

美国聋哑人剧团在日本十二个城市进行巡回演出，取得了巨大成功，于十二月四日顺利结束，衷心地感谢大家的帮助。我也一起参加了演出，长达三个星期的旅行中，我在火车、候机室、汽车中听到了许许多多有趣和罕见的故事，都是专业的聋哑人演员讲给我的，他们的讲述明快热烈、妙趣横生，充满创造力。

其中最让我吃惊的，是会打手语的黑猩猩的故事。

故事发生在美国。有一对聋哑人夫妇养了一只黑猩猩，黑猩猩从小就用手语和聋哑夫妇交流，现在记住了三百多种手势。众所周知，黑猩猩非常聪明，能很好地理解人类的语言。但它的声带、嘴唇以及嘴巴的构造与人类不同，所以很难用嘴说话。如果打手语，黑猩猩可以做得很好，能表达出自己的想法和心情。但黑猩猩不能学习写字。总之，那只黑猩猩会做三百多个手势，可以进行相当复杂的对话，所以那对夫妇和黑猩猩真的能互相理解和沟通。

听到这个故事，一开始我还以为是在开玩笑，不过仔细想想就明白了。使用手语时，是用手来表现物体的形状，这是很具体的，黑猩猩能比较容易地表达出来。希望有一天我也能和黑猩猩交谈，那时我就可以问它：“和人类一起生活，什么是最不愉快的，什么是快乐的？”我也可以问它：“你讨厌什么动物？”我会带它去看大熊猫，问它的意见：“你怎么想？”到了黑猩猩选择爱人的时候，也许我还可以打听到它的许多“爱好”呢。总之，不仅可以用嘴说话，我们在生活中为了互相理解，可以用各种各样的方法来沟通。听到这个故事，我再次深深地感受了这一点。

后来我还知道，在美国的洛杉矶有一只会打手语的大猩猩。这只大猩猩甚至会用手语表示自己过生日时，想要一只猫做礼物。而且，它给那只猫取名为“奥宝”（All-ball），非常疼爱它。能沟通真是太棒了。

牛

关于牛的采访

高台住宅区的一位夫人，生于昭和时代初期

牛？对了，我小时候，还是用牛来拉垃圾车呢，想起来很怀念。不管冬天还是夏天，一个戴草帽的大叔拿着竹编的大簸箕，挨家挨户地从垃圾箱里把垃圾收走，放到车里。垃圾桶？看你说的，战前哪有那种东西。不过，我跟现在的年轻人说："我小时候住在田园调布一带，牛拉着垃圾车走来走去，边走边拉牛粪。"年轻人听了都不相信呢。

在"吉野家"吃饭的卡车司机

公司破产啦、债权转让失败啦，都跟我们没什么关系，但涨价就不好了。现在我就在降价的店里吃。世上再没有比吉野家的牛肉饭更便宜、更好吃的东西了。

模样相似的牛夫妇。（摄于伦敦郊外苏格兰女王玛丽一世被幽禁的教堂旁的牧场）

女演员滨美枝女士

我（四个孩子中）的大孩子问我："牛奶是从哪里来的？"我问他："你觉得是从哪里来的呢？"他说："不是牛奶店做出来的吗？"我吃了一惊，立刻带他去静冈县那边的牧场，让他看人家怎么挤牛奶。孩子看了以后，说："哇，和妈妈一样！"我觉得让孩子看到实物，告诉他东西的价值非常重要。抚养孩子的过程中，令人惊讶的事情真是接连不断。

毕加索

我曾经以牛为题材画过很多画。西班牙斗牛就是其中之一。另外，宙斯化身为公牛，侵犯人类少女欧罗巴的那幅画也挺有名吧。其实，那是把希特勒比成牛，象征欧罗巴——也就是整个欧洲都被独裁者所侵犯。当然，希特勒禁止我的作品发表。

中国的守关人——关尹喜

对，对，老子曾经骑着牛从这里出去，再也没有回来。他在牛背上摇摇晃晃，悠然自得，非常豁达。他那渐渐远去的背影，至今还留在我的眼前。很多画家描绘过这幅情景，可是留在我心里的老子，要比画中的更有风度。

黑柳彻子

在谚语中，我最喜欢的是“从暗处拖出牛”。再也没有比这句话更能贴切地形容一个慢腾腾、来历不明的男人的了。而且这样的男人经常出现，不是吗？比如日本政治家中就有不少。

猴子

阿杨、阿宁、阿东

说起猴子，就不能不提饭泽匡编剧、服部正作曲的《阿杨、阿宁、阿东》。那是昭和二十九年（1954）的春天，当时的广播剧大多以战后废墟等为主题，其中却突然出现了这个节目，充满了梦想和冒险，而且里面有许多有趣的动物，不仅可爱、时髦，里头还有许多快乐的歌曲，令人们耳目一新。每个星期天的傍晚，大人和孩子都把耳朵贴到收音机上，随着这三只雪白小猴子的旅行故事，时而哭泣，时而欢笑，时而提心吊胆。

说起来，虽然现在已经成了常规做法，但由大人来给孩子配音却是由这个节目首创的。现在，动画或外国电影中的儿童角色多数由大人配音，偶尔由真正的孩子来配音，大家甚至会很惊讶。我后来听说，当时 NHK 有很多人坚决反对，说："大人怎么可能发出童声！" 无论什么事情，只要是破天荒头一次，或者没有前例可循，做起来都很不容易。但作者饭泽先生坚持认为：“以前由孩子来给儿童角色配音，结果他们在工作室里昏昏欲睡，有时还要写作业，那副样子让人心疼。而且这个节目是直播，里面还有很多歌曲，看着谱子立刻就唱，对孩子们来说也太难了。更重要的是，如果由大人来给孩子配音，那么在感情的表达上要比儿童演员把握得好，不是吗？”就这样，NHK 终于进行了有史以来第一次大规模海选，我们三个人被选中了。

节目播出后，大家都相信这是真正的儿童配音，没有一个人表示怀疑，真是太好了。但为了不伤害相信我们的听众（其实那时我们已经开始出现在电视上，名字也渐渐为人所知），在最初的一年里，没有公开我们的名字，而是采取了这样一种形式：“刚才的演出者是阿杨、阿宁、阿东，解说是长冈辉子……”

这个节目持续了三年，后两年我们的名字才被公开。这真是一段令人怀念的时光。三只小猴子从中国长途跋涉回到故乡印度，路上它们遇到友好的动物，又和它们分别。每次从可怕的动物手中逃脱，三只小猴子都会齐声歌唱：“啦啦啦啦，出发了！啦啦啦啦，再见了！分别虽然很难过，出发还是很快乐。再见，再见说了很多次，鼓起勇气出发了！”三只小猴子中，年纪最小的“可爱的小家伙阿东”，是我在广播领域里的处女作。三十年过去了，发生了很多事情，但我

细雨中，依偎在一起的母子。

总是唱着“鼓起勇气出发了”，一直坚持到了今天。

一句话 猴子伸出手的时候，不要给它食物，因为那是它在表示“我们做朋友吧”。

大耳猬

如果我有一个可爱的小儿子，我就带他去动物园看刺猬，并对他说："看，这就是刺猬。"

孩子问："它为什么没有穿蓝裤子？"

我会轻轻地握住儿子的手，说："你看的绘本是人画的，所以刺猬会像人这样穿着蓝裤子。"

"它也没有戴帽子。"儿子叫了起来。

"是啊，真正的刺猬是不戴帽子的。"

刺猬的刺开始抖动，发出硬硬的沙沙声。我一边看着，一边说。

"那么，圆点衬衫呢？"儿子踮起脚尖指着刺猬。

我有点狼狈，说："真正的刺猬，刺这么长、这么硬，像是细细的角。所以，它没办法穿衬衫啊。"

"它也没有系红领带。"儿子的声音有些悲伤。

原来，我忘记了。

大耳猬的特征是，当它害怕时，就这样缩成圆圆的一团，样子很可爱。被它的刺扎一下会很疼，我事务所里的男同事没有戴手套，勇敢地拿着它。

踮起脚尖时的样子。

他期待的是时髦漂亮的刺猬，像绘本中的刺猬那样打着红领带。

我稍微有点后悔，不该带他来。

我想了想，说："妈妈小时候有很长一段时间，一直相信刺猬的刺是软软的，可以穿衣服。等长大以后看到真正的刺猬，我非常吃惊，而且很难过。刺猬不但没有穿裙子，还把身上的刺竖起来，抖个不停，连它的脸在哪里都看不见。我经常想，如果我小时候见过真正的刺猬就好了，所以我今天带你来。对不起，让你失望了。"

儿子静静地看着我，说："没关系，我明白了。这里的刺猬才是真的，所以它不穿衣服。家里的绘本是人画出来的，所以刺猬像人一样生活。今晚妈妈还给我读绘本，好吗？"

"当然。"

我看着聪明的儿子，心中涌起了更强烈的爱。

突然，儿子歪了歪脑袋，小声问我："哎，爸爸在家里不穿衣服的时候，应该叫什么动物呢？"

动物园里，秋天的阳光那么温柔。刺猬的刺柔软下来了。

一句话　想亲眼看大耳猬的话，请到上野动物园。（图中的刺猬由吉村作治先生所赠）

白掌 长臂猿

解说

上帝是个随心所欲的家伙，有时只是为了自己消遣，完全不考虑地球上生物的意愿，便为它们做出了设计。

比如大熊猫，就是一个证据。然而我望着白掌长臂猿时，不禁困惑了：上帝究竟是怎么想的？

它那白色的手脚，让我联想到芝加哥教父那白色的手套和短裹腿。我陷入了错觉，仿佛听到了手枪和机关枪的声音。可是再看看它的头，越看越让人想起南极探险。

那么，这种长臂猿住在哪里呢？原来是在马来半岛，那里出产我穿的运动鞋底的橡胶。所以说，白掌长臂猿产于热带，可以肯定，日本绝对没有这种动物。

它的手臂很奇特，即便站立时，手臂也可以触到地面。它的叫声是“哦——哦——”，令人想到前首相福田先生。它喝水的时候，用两只手捧起来喝，可见它没有用过杯子。

脚穿短裹腿，手戴白手套，身穿大衣。原来是芝加哥的教父戴着防寒帽去南极探险。

它饿的时候，会一声不吭地从果园或农场拿走食物。因为这个缘故，它和人类结了怨。我相信，“手长”这个谚语肯定是从它身上引申出来的。[①]

看来，我们只能认为上帝有时候确实在做游戏……

——引自仓木综的作品《来自南国》

（这不是真的啦，其实，这篇文章是受了仓本聪的作品《来自北国》的影响。）

---

①日语中“手长”指爱偷东西。

鹤 II

关于睡相

我听说，狮子相信自己“是百兽之王，什么都不怕”，所以它们睡觉时仰面朝天，睡成一个“大”字。于是我对他说：“你偶尔也睡成一个‘大’字，好不好？”结果我非常失望，因为他说：“那多可怕，遭到袭击时，翻过身来太费工夫。”

说完，他看着我，眼神中仿佛在期待什么。不知为什么，我沉默了。我想起了当婴儿睡成“大”字的时候，人们会说那是“婴儿那种不知害怕为何物，毫无防备的美”。

那么，为什么鹤睡觉时只用一只脚站立？关于这个问题，他的回答老套极了：“因为两只脚都抬起来，就跌倒了。”

而我听到的解释一共有两种，一种是“它们把一只脚缩进身体里暖和一下”，另一种是“鹤是弱小的动物，当危险临近时，可以利用缩进去的那只脚做弹簧，一下子跳到前方逃走”。

有一个事实可以佐证第二种学说——这种说法似乎有点儿夸张。在澳大利亚的土著居民中有一个种族，他们晚上不躺下睡觉，而是靠在树上睡，一条腿还站立着。听说，这么做的理由与鹤一样。我虽然觉得那样挺帅，但也不禁会想："难道不累吗？"靠在树上睡的话，当出现紧急情况时，没有站立的那条腿——也就是弯曲着膝盖、脚掌抵在树上的那条腿，就可以一蹬大树，朝前冲逃走了。

当我听到这个故事时，和他开玩笑说："如果你害怕仰面朝天睡觉，那你也靠着墙睡怎么样？"

他战战兢兢地看了看我，说："要是有人从前面过来，该怎么办？"

真是个笨蛋。就知道他是这个样子，所以我有时也和科长约会。怎么说呢，科长的气度还是很像狮子的。

说起睡相，大熊猫也睡成"大"字，这是我在红外线拍摄的电视节目中看到的。特别是看到醒着时很文雅的大熊猫姑娘兰兰，露着圆滚滚的肚皮睡觉的样子，我真是高兴极了。不仅因为样子可爱，而且我知道了她在日本生活得非常安心、非常舒服。

马睡觉的时候是站着的，因为他们是弱小的动物。那个人问我："鹿也是站着睡觉吗？"真是个笨蛋，不过这个时候的他，还是挺可爱的。

（这篇文章，我尝试着模仿了最流行的作家的文体。）

春日的黄昏，单腿站立着打盹的鹤。（摄于多摩动物园）

鬣狗

鬣狗的牙齿

我曾经听说，鬣狗的牙齿很结实。在动物园里拍这张照片时，鬣狗显得有些焦躁，或者它是想表演一点帅气的特技给我看。它把掉在栏中的石块，而且是一块看上去坚硬无比的鹅卵石叼在嘴里，一边瞟着我，一边蹲在离我最近的一个角落，开始咬那块石头。石头像可以一口吃一个的小包子那么大，只听“咔咔”的声音响了两回，石头竟然碎成了四块！鬣狗把碎石块吐出来，翻着眼珠瞟了瞟我。那副样子真是很可爱，也可以说很天真。

鬣狗和弟弟

我觉得所有动物中，最不适合待在动物园里的就是鬣狗。因为人们都说，鬣狗基本上是吃其他动物剩下的东西，或以偷窃为生。可在动物园，一到吃饭时间，人们就把上等的肉

看到上图，鬣狗本人的感想："为什么把我拍得这么猥琐，一副可恶的样子？别人给我拍照片，会拍得可爱很多！"
黑柳的回答："好啦，像这样威风凛凛的，你满意了吧？"

送来，说：“好啦，快吃吧。”也没有动物在旁边虎视眈眈地要夺走食物。这一点在狮子身上就不同了。即便在非洲，雄狮也大模大样地躺着，鬃毛在风中飘舞。雌狮抓来斑马，送到雄狮眼前，说：“请用吧。”这点和动物园里没什么不同。

所以，动物园里的鬣狗习惯了一到时间就开饭的生活后，如果因为某种原因，它们又回到大自然，就很可怜了。它们一定会理所当然地跑到狮子旁边，和狮子坐到一起。

战争期间，我们家疏散到了青森县，家里没有好吃的。每天傍晚，我的小弟弟就会跑到陌生人家的厨房，和那家人并排坐着吃晚饭。鬣狗也许像我的小弟弟一样吧。

打招呼

根据羽仁进先生的观察，鬣狗打招呼是把鼻子凑到对方的大腿根上，闻一闻气味。可是，中年的雌鬣狗会咣当一声躺下，漫不经心地把一条腿抬起来，让雄鬣狗闻闻气味，省略了自己去闻对方气味这个步骤。看来，鬣狗也好，人类也好，中年以后就会变成这样啊……鬣狗的粪便据说是雪白的，这是因为它们吃骨头的缘故。鬣狗四处游荡，捡食别的动物剩下或丢掉的食物，咔嚓咔嚓地吃掉，排出白色的粪便。也就是说，它们是巡游在非洲草原上的清道夫。动物园里的鬣狗，粪便也是白色的吗？

土拨鼠

这样小心谨慎的动物，真是很少见

在隧道般的树洞中，土拨鼠过着怎样的生活呢？它偶尔探出头来，一旦感受到别人的视线，就会瞬间把头缩回去。树洞里有它的爱人或家人吗？那里面一片安静，毫无声息。过了一会儿，等我们的注意力转移后，它又露出半个可爱的小脑袋，四下张望，动作迅速无比。当它看到我的照相机，便又缩了回去，消失的速度是那么快，我甚至觉得："哎？刚才我以为看到了，难道是眼花了？"等胶卷冲洗出来，我一边仔细端详，一边想："噢，原来这就是土拨鼠。"就是这张照片。

再说一下我的绰号"恰克"的由来。我把在纽约期间的故事写成书后，命名为"来自恰克的爱"。这是和田诚先生为我取的书名。"恰克"是大约三十六年前我的绰号，大家一般会以为，这是因为我总是喋喋不休，所以想着"在嘴上装个拉链（chuck）怎么样”，才得了这么个绰号。但其实不是这样的。我是在 NHK 作为头号电视演员开始工作的。当时 NHK 的考试中有“朗读”这一项。我不知为什么选了芥川龙之介的作品《河童》，书中的主人公之一，就是一个名叫“恰克”的河童。恰克！多么有趣的名字。我立刻喜欢上了。

于是，在朗读练习中，我边一个劲儿地念叨“恰克、恰克、恰克……”，边在 NHK 的走廊中走来走去。当时我的头发像奥黛丽·赫本那样剪得短短的，那是流行的样式。我自己以为很像赫本，但人家看来，其实很像河童。而且我还拼命地训练自己做出想象中的表情，把上嘴唇向外努成三角形，就像河童的脸一样。（现在说来，这算是即兴表演吧。）之后的一年时间，我无论怎么看都很像恰克。通过考试后，我在 NHK 接受训练，准备将来录制电视节目。那时，我有一个很时髦的带拉链的椭圆形皮笔袋。一次上课中有同学窃窃私语，我坐在老师旁边，没有跟大家说“嘘——”，而是把笔袋叼在嘴里，一边拉上拉链，一边说“恰克”。也就是说，人家说话时，我说“拉链”。当时，大家一起叫着：“恰克！”于是，这就成了我的绰号。所以我的绰号来源于提醒旁边的人不要说话。“Chuck”在美国其实是男人的名字，但现在想起这个绰号，令我怀念不已。

我生性小心谨慎。

野猪

我在混乱的时期中度过了少女时代，其间日本的地理和历史课本都被改写，旧教科书被墨水涂得乱七八糟。现在，杂志刊登照片，有时也会用墨涂掉某处，但非常罕见，有人还会试图把墨擦掉，看看下面究竟是什么。可是我们的教科书却几乎被墨涂满。老师昨天还教我们“日本有两千六百年历史”，突然就要减掉六百五十年历史，减掉的部分该如何自圆其说？老师无法可想。地理也一样，本来还说：“看哪，地图上红色的部分，喏，这些全是日本的领土。”但转眼间，它们就变成了别国的颜色，究竟“是进入，还是侵略？”老师为难不已，学生们更是莫名其妙。由于这个缘故，我在地理和历史方面一窍不通。在新年之际，我想把这些告诉诸位。历史这东西，如果不知道根本，对其他知识也会一知半解。

好，再说野猪吧。日本历史上曾出现过一头有名的野猪，根据我模糊的记忆和贫乏的知识，大致是这样的。

野猪夫妇新年的第一顿饭——苹果。年长的丈夫对年少的妻子温柔地低语："新年快乐！"（摄于甲府市立动物园）

一位男子满心欢喜地想："条纹布钱袋里，足足有五十两金子！"这时，一头野猪向他冲来。那一瞬间，新田义贞[①]一跃而起，骑到野猪背上，大叫："艰难困苦，吾又何惧！"野猪风驰电掣般奔跑，在稻村崎这个地方，新田义贞才终于从野猪背上下来。他站在山崖上，将自己的爱刀投入海中，叹道："天莫空勾践，时非无范蠡！"野猪正要跑开时，定九郎出现了，他用火枪朝野猪射击，野猪中弹而亡。

我以前一直以为史实就是如此。不过，我在说故事时，

①日本镰仓时代武将，奈良地区曾有"新田义贞骑野猪跳舞"的传说。

一位有名的相声演员说想学这个当“包袱”，于是我又从头说了一遍，他非常高兴。为什么这会成为“包袱”呢？和我程度差不多的人也许不会明白。我一旦把故事记成这样，就不知道本来的事实了，所以在写这一篇文章时，拜托编辑部帮我查了一下。真实情况是这样的。

骑野猪的人是仁田四郎（1203 年卒），说“艰难困苦，吾又何惧”的人则是山中鹿之介（1578 年卒）。在镰仓附近的稻村崎把刀投入海中的，确实是新田义贞（1301 年生），说“天莫空勾践……”的则是儿岛高德（后醍醐天皇时代的人）。不是定九郎射击野猪，而是勘平射击定九郎，野猪则横冲直撞地逃走了。条纹布钱袋、定九郎、勘平都是与忠臣藏[①]（1703）相关的人与事。原来这些人物不在同一时代，令我十分惊诧。不过，我们这代人至少还学过这些人名，现在会怎样呢？

一句话 东京的动物园里没有野猪，好不容易在甲府找到了。野猪先生团团十三岁，野猪太太团子四岁，育有一子。

①忠臣藏是歌舞伎名剧《忠臣藏》的原型。文中的勘平与定九郎均为歌舞伎剧中人物，武士勘平误将盗贼定九郎当作野猪打死，后来发现定九郎怀中有抢来的五十两金子。

狮子

一

新剧剧团访问捷克时，朋友带我们参观名胜古迹。突然，岸辉子小姐叫了起来：“看，跟三越商场一样！”原来，那里横卧着一尊狮子的雕像。

那么，受人关注的三越商场门口的狮子究竟来自何方？原来是伦敦。在这里，约翰·列侬和小野洋子用床单盖住自己，进行著名的行为艺术。伦敦的特拉法尔加广场，喷泉边，纳尔逊将军雕像下，四头巨狮巍然端坐。三越商场仿照巨狮的模样，在自己的大门口也摆上了这样的狮子。

从前，我听过一个关于狮子的小笑话。

几个冒险家在伊丽莎白女王面前，争相报告自己的冒险故事，夸耀“再没有人遇到比我更惊险的事了”。其中一个人说：“没有人经历过这么可怕的事。一只巨大的狮子朝我冲来，我死里逃生躲过一劫。可是我太恐惧了，当场被吓得大小便失禁。要说当时有多么恐怖，哎呀，女王陛下，我只要一想起来，喏，现在又失禁了。”

二

一天傍晚，一名男子在非洲大草原上散步。突然，前方出现了一头狮子。狮子朝他猛扑过来，男子赶紧俯下身，狮子从他头顶跃了过去，扑通一声掉到后面的河里。男子慌忙逃走。

第二天傍晚，男子又出去散步，昨天的狮子又出现了，向他扑过来。男子同样俯下身，狮子跃过他的头顶，掉到河里。男子又捡了一条命。

第三天傍晚，男子依然出来散步，看到河边有一个黑乎乎的东西在动。男子定睛一看，原来那头狮子正在练习低空跳跃呢。

关于照片中的狮子宝宝

我曾经好几次在动物园或野生公园抱过狮子宝宝，大多是出生一两个月的小狮子，已经长得很结实了。可是，这只小狮子才出生十天，真是个小宝宝。它的眼睛还没完全睁开，

在草丛中玩耍的狮子宝宝。我抱着它的时候，它显得比较大，其实只有一只小猫那么大，不过倒是威风十足。（摄于多摩动物园）

走起路来摇摇晃晃，皮毛上还留着斑点。可它似乎知道自己就是百兽之王，还不太会出声呢，就“呜——”地使劲大吼，仿佛 MGM（米高梅电影公司）动作片中狮子的模样。小动物和小孩子都非常可爱。

后 记

这本《小豆豆动物剧场》，把每月在杂志《故事特集》上的连载整理起来，呈现在诸位面前。连载从一九七六年的十一月号开始，到一九八三年的二月号结束，共持续了七年。在电视和舞台工作的空隙，我抓起相机冲向动物园，先在截稿日前把照片准备好，再着手写文章……这七年真是不容易。有时会突然天降大雨，刮起大风，有时会赶上大雪天。一个积雪的日子，我觉得神社庭院里玩耍的白鸽真漂亮，赶紧抓拍下来。可照片出来一看，却是白茫茫一片，完全看不清楚。我指着照片，解释道："看，这是鸽子。"编辑却说："只像些雪团子。"但对我来说，这七年虽然有些辛苦，却非常宝贵。

小学一年级时，我第一次去庙会，看到了黄色的小鸡，爸爸妈妈却不同意买。我央求道："这是我一辈子的心愿。一直到死，我再也不说要什么了。给我买只小鸡，求求你们了。"

爸爸妈妈还是坚决反对："小鸡很快就会死的，很可怜。到时你会哭的……"可我实在太想要毛茸茸的小鸡了，就一遍又一遍地重复着“一生的心愿”，爸爸妈妈终于让步了。可是，尽管我小心翼翼地爱护它们，两只小鸡还是在第五天变得冷冰冰了。那时，我懂得了生命的消逝。一生的心愿就这样早早夭折了，我从心底感到难过，十分悲伤。我把变得冰冷的小鸡托在手心里，不知所措，一边哭泣一边道歉，心里愧疚极了。现在每当想起当时的情景，我仍会伤心不已。从那以后，我再没有养过动物，而是学会了用自己的方式来爱动物：远远地看着它们，时而和它们说说话。为它们拍照，可能也是方式之一吧。

另外，我从小就喜欢研究大熊猫。伯伯曾经从美国带给我一件礼物——一个大熊猫布娃娃，这成了我研究大熊猫的契机。当时大熊猫在日本还完全没有名气，如果一年能够听到一次关于大熊猫的消息，我就高兴得不得了。长期以来，我一直有三个梦想：

一、访问大熊猫的故乡——中国；

二、看看大熊猫生活着的四川省的山，哪怕远远地望一眼也好；

三、抱一抱大熊猫宝宝。

一九八四年春天，我所有的梦想竟然都实现了。在大熊猫居住的四川山区，大熊猫的主要食物冷箭竹开花枯萎，大熊猫处于濒临饿死的困境中。WWF（世界自然基金会）的瑞士总部邀请我到当地考察一下现状。于是，我成了日本代表团的团长，将日本人士捐款购买的卡车、无线电等当地需要的物资赠送给中国政府。

四川的山脉高峻而优雅，宛如中国的水墨画。从省会成都乘六小时汽车来到大熊猫保护区，那里的竹子百分之九十五已经枯死，情形十分悲惨。据说饿死的大熊猫达十三只。

中国正全力以赴地在山区种植竹子，把羊肉撒到山里，希望大熊猫能够生存下来。可是，等到了冬天，大熊猫在大雪中怎么生活呢？我们在山里，没有遇到野生的大熊猫。

在成都动物园，我圆了儿时的梦想，亲手抱了抱大熊猫宝宝。大熊猫宝宝川川是个淘气的“小男孩”，它大概把我的绿毛衣当成竹子了，“呜呜”地就来咬，不过咬得一点也不疼。它的毛软软的，真是可爱极了。我梦想成真，感到心满意足。大熊猫实在太像布娃娃了，您觉得呢？

关于本书，首先，我要感谢筱山纪信先生。筱山先生一开始就对我的动物照片表示喜欢，并为我写了充满温情的文章，谢谢您。而且，为了本书，筱山先生特意来到上野动物园，为我抓拍了照片，真是过意不去。那次真的很开心，企鹅也很配合，为我们摆好了姿势。

接下来要感谢上野动物园园长中川志郎先生。我所尊敬的中川先生，是大熊猫康康和兰兰的爸爸，也是所有动物的代言人。中川先生在文章中这样赞许我，令我很惶恐，但心里满是欣喜。中川先生教会我如何与动物们相处。中川先生成为园长后，仍然保持着以前的习惯，每天早晨，他一定比上班时间提前一小时来到动物园，四处转转，和动物们说说话。遗憾的是，上野动物园是东京都的公立动物园，中川先生到了年龄必须退休。一九九〇年七月三十一日，中川先生和包括四只大熊猫在内的两千只动物道别，开始了新生活。即便先生和动物们解释“我是公务员，没办法啊”，我想动物们也不会明白。大家到了第二天早晨，一定会觉得：真奇怪，那个声音和气的人去哪里了？要是有人能将中川先生的退休年龄稍微延长一些，该有多好啊。中川先生，真的非常感谢您。兰兰去世的时候，我还是悲伤极了。

接下来要感谢林忠彦先生。林先生身患重病，请求先生为我写文章，我本来实在难以启齿。但我从前就非常喜欢林先生，对先生的摄影作品心怀敬意，非常渴望《小豆豆动物剧场》的第三集能得到林先生的文字以作纪念。这时，我听说林先生称赞过我的照片。（其实，可能先生根本不是称赞，而是诸如“拍得还不坏”，“哦，我见过那照片”之类的话吧。不过，总之我是这么听说的。）所以，当有机会见到林先生时，我提出了请求。于是，我得到了先生的文章，字里行间的感觉仿佛先生的目光一般温暖。其实，林先生并没有时间做这些无关紧要的事情。可能大家都知道，这五年来，林先生先是罹患癌症，后来又因脑溢血导致右半身不遂。先生一边与病痛抗争、直面死亡，一边坚持摄影，不间断地按下快门。

就这样，林先生拍摄了一万六千张“东海道中留存至今的江户遗迹”，并举办了摄影展，真是太伟大了！据说，林先生的下一个摄影主题是“怎能这样死去”。林先生，我敬仰的林先生，能够得到您的文字，我是多么高兴啊。希望您能体会到我的欣喜之情。

在《故事特集》上连载时，每个月在截稿日前准备好照片，我都十分勉强，而井上保先生却总是耐心地等待，给予我极大的帮助。这一次，井上先生还帮我把第三集中的资料整理得整整齐齐，我由衷地表示感谢。谢谢您长时间的帮助，如果没有您的理解与忍耐，我肯定不能坚持这么久。我还要向东武动物园的西山登志雄先生，以及其他动物园相关的各位人士表达由衷的谢意，谢谢大家的帮助。

此外，在《小豆豆动物剧场》中出演的动物们，谢谢大家。多亏了你们，才会有这么精彩的一本书。

最后，祈祷有一天，世上的动物和人类都不再饥饿，希望这一天早点到来。这并不是我成为联合国儿童基金会亲善大使之后才有的愿望，而是我作为一个从小喜爱动物的人所做出的祈祷。感谢读者们和我分享本书，谢谢。

黑柳彻子

一九九〇年

（今年夏天，得知降生于上野动物园的大熊猫悠悠是个小女孩，非常欣喜。）

图书在版编目(CIP)数据

小豆豆动物剧场 / (日) 黑柳彻子著 ; 赵玉皎译
. -- 2版. -- 海口 : 南海出版公司, 2019.11
ISBN 978-7-5442-8005-1

Ⅰ. ①小… Ⅱ. ①黑… ②赵… Ⅲ. ①儿童小说-短篇小说-小说集-日本-现代 Ⅳ. ①I313.84

中国版本图书馆CIP数据核字(2019)第114131号

小豆豆动物剧场
〔日〕黑柳彻子 著
赵玉皎 译

出　　版　南海出版公司　(0898)66568511
　　　　　海口市海秀中路51号星华大厦五楼　　邮编 570206
发　　行　新经典发行有限公司
　　　　　电话(010)68423599　　邮箱 editor@readinglife.com
经　　销　新华书店

封面插图　唐蜜儿　何贵清
责任编辑　翟明明
特邀编辑　贺　静　杨亦桐
装帧设计　李照祥
内文制作　王春雪

印　　刷　北京中科印刷有限公司
开　　本　787毫米×1092毫米　1/32
印　　张　7
字　　数　120千
版　　次　2008年4月第1版　2019年11月第2版
印　　次　2020年1月第45次印刷
书　　号　ISBN 978-7-5442-8005-1
定　　价　48.00元

著作权合同登记号　图字：30—2006—063